Für Opa

© 2024 Sebastian Raue

Verlag: BoD · Books on Demand GmbH,
In de Tarpen 42, 22848 Norderstedt
Druck: Libri Plureos GmbH, Friedensallee 273,
22763 Hamburg
ISBN: 978-3-7597-5247-5

<u>Nulltes Kapitel</u>

Vielleicht… die andere Seite des Kissens? Manchmal taugte es ja etwas, das Ding umzudrehen und seine Birne an die kühlere Seite des Textils zu schmiegen… nach einigen Minuten war jedoch klar, dass auch die Kehrseite des Textils keine Wendung im Kampf gegen die Schlaflosigkeit bringen würde. Mich rastlos von einer Seite auf die andere drehend, blinzelte ich und sah mit einem schielenden Blick auf den sich erbarmungslos weiterdrehenden Zeiger des Weckers. Bereits halb sechs Uhr morgens… den durch die Gardinen scheinenden Lichtkegeln diverser ihrem Tagewerk entgegenbrausender Automobile nach hatte der Tag schon damit begonnen, Fahrt aufzunehmen. Der Schädel brummte, die Wände schaukelten und drehten sich immer noch munter! Im zentralen Nervensystem herrschte weiterhin Seegang. Na großartig, jetzt hatte ich den Salat! Dies war nun einmal das Resultat dessen, wenn man bereits um halb zehn auf dem Sofasessel in ein Stadium der absoluten Bewusstlosigkeit versank...

…nun war ich dazu verdammt, in Selbstzerwürfnissen und zur Schwermut verurteilt, bis zum Aufstehen dort zu liegen, und zu schmoren… einem in eigenem Sud und Selbsthass brutzelndem Steak gleich, wendete ich mich wieder und wieder unter dem gnadenlos schneidenden und die Luft zerteilendem *Tick-Tack-Tick-Tack-Tick-Tack* der Uhr…

Momentan schien ich nur für die ersten zwei Sekunden nach dem Augenaufreißen zu leben, die es brauchte, bis es mir einfiel. Doch unmittelbar nach dem ersten Zucken neuronaler Impulse war mir, als würde ich in Treibsand versinken. Kaum schien die Betäubung einmal nachzulassen, war dem wiederkehrendem Schmerz Tür und Tor geöffnet: Ein Presslufthammer aus Stresshormonen begann im Brustkorb loszuhämmern, und höhlte ein gigantisches, bis zur Magengrube reichendes Loch aus. Irgendetwas roch … verbrannt? Ungläubig sah ich mit zugekniffenen Augen an mir herunter zu dem Brandloch in meinem Unterhemd und zu der halb gerauchten Zigarette… zittrig entzündeten meine vom Nikotin gelben Finger ein Streichholz, und gierig füllten sich meine Lungenflügel mit Qualm.

Auf den Boden aschend, gebot die einsetzende Übelkeit und ein Schwindelgefühl sondergleichen, mit der Hand nach der Wasserkaraffe zu suchen:

Nichts, außer… den ganzen herumkugelnden Bier- und Weinflaschen. Dehydriert und entkräftet setzte ich erst den linken Fuß, und schließlich auch sein rechtes Pendant vorsichtig auf den Fußboden. Uff… an den herumwirbelnden Sternchen vorbei und mit den Händen an der Wand entlang stolperte ich zum Badezimmer, gefühlt einige Hektoliter Urin und viele Spritzer auf der Klobrille später, beugte ich mich über das Waschbecken…

Beim Nachfüllen meines ausgetrockneten Zellverbandes blickten wir uns einmal tatsächlich, ganz kurz jedenfalls, in die Augen: Ich und mein Spiegelbild, die Reflexion der Lichtstrahlen, die dieses mitleiderweckende Bild von einem Häufchen Elend ablieferte, in dessen verquollenen Augen, die da aus dem aufgedunsenen Gesicht hervorlugten, ich keine noch so kleine Restmenge einer menschlichen Seele wiedererkennen konnte. Auch er schien mich nicht mehr wieder zu erkennen… durch meine Iris erspähte ich einen Fremden, vielleicht war es inzwischen Jahre her, mich im Spiegel erkannt zu haben. Welch eine naive Torheit musste das gewesen sein, zu denken, es könnte schon nicht mehr viel schlimmer werden! Während ich meine miesepetrige, unrasierte Visage mit kaltem Wasser wusch, geschah der Fehler, der das Fass meines instabilen Nervenkostüms bereits so früh am Tag zum Überlaufen brachte:

- mit dem Ellenbogen streifte ich flüchtig jenen Gegenstand, den ich seit Wochen nicht mehr zu berühren gewagt hatte, der mich bei jedem Wasserlassen und Zähneputzen unbarmherzig daran erinnerte, hatte ich je einmal gedanklich einen viertel- bis halbstündigen Abstand durch Ablenkung gewonnen:

Ihre Haarbürste! Von allen Gegenständen, ob Fotografien, Kleidung, Geschirr, Regenschirm oder ihrem mittlerweile völlig von den Tränentropfen verschmierten geschriebenem Wort ging von ihm die größte Sehnsucht nach ihr aus, denn mit den vereinzelten blonden Härchen daran war nun auch ein kleiner restlicher Teil von ihr mit hiergeblieben. Mit sofortiger Wirkung suchte es mich vollumfänglich heim…

Als wäre die Luft aus dem Raum gesaugt worden, schnürte sich mir der Brustkorb zu, schnaufend und keuchend hielt ich mich am Waschbecken fest…. - im Schnelldurchlauf durchlief ich den emotionalen Kreislauf einer Trennung, bevor ich mich dann den Tag über mehrere Stunden hinweg durch die einzelnen Phasen quälen dufte:

BITTE KOMM ZURÜCK!
ICH HASSE DICH!
ES TUT MIR LEID!
DU BIST MIR EGAL!

Bettelphase.   Schmerzphase.   Schuldzuweisungsphase.
Resignationsphase… - wieder und wieder!

Oh, wenn man es doch nur rückgängig machen könnte,
irgendwie. Wenn ich mir die Dinge, die ich gesagt habe,
verkniffen, und stattdessen all die Dinge, die mir jetzt
vorschwebten, gemacht hätte! Warum fielen sie mir jetzt
erst ein, all die romantischen im Kopf
herumschwirrenden Ideen, denen wir uns in all den
alltäglichen Nachmittagen hätten widmen können? Oh,
wenn sie mir doch einen einzigen Tag, eine einzige
Stunde, eine einzige Minute gewähren würde, um ihr zu
beweisen, dass ich mich wirklich ändern wollte… Ach, oh
je, oh je… herzergreifend wimmernd nahm ich die Bürste
und sperrte sie außer Sichtweite in das kleine
Badezimmerschränkchen unter dem Waschbecken! Hach,
diese süße Alltäglichkeit, die da in diesem Utensil
mitschwang! Wieso hatte ich dieses Paradies auf Erden,
in welchem ich existieren dufte, nie ausreichend
wertgeschätzt? Wie konnte ich mir der Ewigkeit so sicher
sein? Nun… malträtierte jeder Erinnerungsschnipsel aus
der damaligen Epoche im Garten Eden meinen aus ihm
verbannten Geist…:

Oh, wie schön war es, in der gleichen wohlig warm
geborgenen Umschlingung aufzuwachen, in der man am
Abend in transzendentem Wohlbefinden ins Reich der
Träume geglitten war. In dieser Position dann noch eine
Stunde verharrend, wortlos und wunschlos zufrieden,

glücklich wie im Mutterbauch, bevor sie dann mit einem simplen Streicheln andeutete, dass sie nun über meinen Körper verfügen wollte... nach diesem phänomenalen Start in den Tag, sich auf dem Balkon beim frische Brötchen mit Marmelade und Butter bestreichen von den Sonnenstrahlen die Köpfe streicheln lassen, sich gegenseitig herzförmige Brotkrümelchen oder Apfelstückchen aus dem Müsli überreichend... dann dieses unfassbar schöne Gefühl der Gewissheit, wenn man nach dem Abschiedskuss das Treppenhaus heruntersegelte, um den Bus zur Arbeit zu nehmen, dass man nach dem Feierabend wieder zu dieser wunderbaren jungen Frau zurückkommen durfte... den gesamten Arbeitstag hindurch fieberte man pochenden Herzens auf den Moment zu, in ihre warmen Arme zurückzukehren, die gesamten letzten drei Stunden glichen einen tröstlichen Traum mit dem Inhalt, endlich wieder diese Wärme zu spüren! Der gesamte Weg zum Bus, nach Hause und das Treppenhaus wieder hoch fühlte ich mich wie auf dem Weg zu einer Preisverleihung, bei der ich zum glücklichsten Kerl der Welt gekürt werden sollte. Als würde sie mit einem Schlüssel das Schloss zu meinem Herzen aufsperren, klickte unsere Wohnungstür und durch einen kleinen Spalt begann ihre Schönheit sofort das Treppenhaus zu fluten:

Unmittelbar waren die gewöhnlichen physikalischen Gesetze der Gravitation außer Kraft gesetzt. Statt der Anziehungskraft unserer Mutter Erde wurde ich in ihre Umlaufbahn gezogen... (Nicht, dass sie den Umfang eines Planeten gehabt hätte, im Gegenteil, ich sprach von diesem magischen Kraftfeld, dass auf mich und so viele andere eine so große Anziehung ausübte.) Unsere Lippen wollten das, was sie wiedererlangt hatten, gar nicht mehr loslassen. Wir besahen, schmeckten, rochen und betasteten uns, vernahmen akustisch nichts mehr als den stockenden Atem des anderen… wie ein Süchtiger schnüffelte ich an ihren Haaren, und warf mich in die verschlingenden Arme jener menschgewordenen Heizung, die dasselbe Wunder für mich empfand. Was konnte sie stets an einem völlig gewöhnlichen Nachmittag immer so feingemacht, so herausgeschmückt aussehen? Mir regelmäßig den Atem raubend, ihren Körper in einem die öffentliche Ordnung gefährdenden Cocktailkleid präsentierend, wenn dann noch ihre Petticoat-Frisur ihr verführerisch-frech ins Gesicht hing, und man ihren leidenschaftlich funkelnden Augen, die die unter dem Pony hervorlinsten, hoffnungslos ausgeliefert war, konnte man nichts anderes tun als dahin zu schmelzen. Immer wieder verfiel man dem magnetischen Sog ihres knallroten Kussmundes, dessen komplette Schönheit man nur mit geschlossenen Augen vollumfänglich erfassen konnte. Ausgelassenheit, geboren unter dem Rundfunkgerät, dass tanzbare Rock'n'Roll-Hits spielte, ließ uns, wirbelnd und tapsend, federnden Schrittes durch die Wohnung schaukeln und steppen, wir sausten und bollerten lachend gegen das Mobiliar. Wie oft hatte sie kichernd zwei Rotweingläschen gefüllt, mich erst spielerisch weggeschoben, und dann wieder an mich ran gezogen, bevor sie nippte, während ich das erste Glas herunterstürzte. Dann konnte man sie grinsend von hinten umschließen, und ihr die Haare aus dem Gesicht streichen, während sie verträumt aus dem Küchenfenster blickte, bis sie sich irgendwann umdrehte, und mich mit diesem Lichtblitz aus ihren Augen ansah!

Dieses verliebte, blitzende Funkeln in ihren Augen? Wann hatte es aufgehört? Wann kam der Zeitpunkt, von dem an sie für mich nur noch ein gelegentliches Aufflackern davon übrighatte, und wann begann es, nur noch zu einem schwachen Glimmen verkommen zu sein? Es ging viel zu schnell, nichts konnte ich tun, um die Flamme noch einmal zum Auflodern zu bringen! Nun war eh alles zu spät!

Kehle, Magen und Brustkorb schnürten sich noch weiter zu. Und dann: *PAM!* – wie ein Todesurteil und aus der Pistole geschossen, überwältigte es mich:

Mit diesem Funkeln sieht sie jetzt ihn an. Oh nein, oh nein oh nein, ohneieiein! – *er* fieberte pochenden Herzens darauf, durch das mit ihrer Schönheit geflutete Treppenhaus zu eilen, und sich in ihre heizenden Arme zu werfen! – *sie zu schmecken, sie zu riechen und zu hören,* von ihrer lieblich-zuckrigen Art verhext zum Radio zu tanzen, leiblich und seelisch versorgt zu sein, um schließlich am Ende; ... von diesem geheimnisvollen Glitzern absorbiert zu werden... bevor man... dann... bevor man dann... von ihren Gravitationszaubern... in ihr Schlafzimmer gesaugt wurde... und dann... oh Gott! Oh nein!

Wie ein Damokles-Schwert hing das in dem Geist eingebrannte Bild, *wie die beiden sich küssen,* vor meiner Stirn, und begleitete mich durch den Tag. Aus dem Nichtrealisierenwollen und der großen Sehnsucht, dass sie zurückkommen möge, glitt ich in Hass und Schmerz. Sämtliche Netzwerke an Erinnerungen und schönen Erfahrungen, und an das Gute und wichtige im Leben, was wir geteilt hatten, wurden überschrieben. Jegliche Verästelungen und Abzweigungen in meinem Verstand, die sich in diesen paradiesischen anderthalb Jahren gebildet hatten, gingen ein unter der Trauer.

Beim Vergießen der Tränen war es wirklich, als würde dieses hübsche und prächtig gewachsene Bäumchen in meinem Gehirn eingehen und verwelken unter dem Niederschlag der salzigen Regenschauer. Und der Hass machte dann jedes Quäntchen an aufkeimender Hoffnung dem Erdboden gleich. Sie konnte ich nicht hassen! Doch das mit meinem allerbesten Kameraden gleich die zweite der allerwichtigsten Personen aus meinem Leben gerissen wurde, hinterließ Mordgelüste und Todessehnsucht gleichermaßen! Eifersucht zerteilte den Brustkorb in zwei Hälften. Ohne meine bessere Hälfte war ich nur ein halber Mensch, und dieses zwei, drei-, viergeteilte Ding wurde im peinigenden Trommelfeuer der emotionalen Ausnahmesituation dann noch in viele weitere kleine Splitterteile gefetzt.

Tonnenschweren Schrittes schleppte ich mich ins Wohnzimmer zurück. Irgendwo musste doch noch ein Tropfen sein! So dass ich beim Ansetzen der Flasche wenigstens kurz den Anschein erliegen würde, dass man danach weniger fühlte! Der Schein trog, verwandelte mich das Nervengift doch meist in eine noch viel größere selbstbemitleidende Heulsuse. Oha! Tatsächlich! Dort, gegen die Sofagarnitur geneigt, die noch halbvolle Flasche Billigwein, die ich gestern Abend außerstande war, mir noch vollständig hinter die Birne zu kippen. Zügig ploppte der Korken, und das überzuckerte Gesöff, das man auf dem Etikett noch mit dem wirklich gut gemeinten Euphemismus:

__„Weinerzeugnis aus der europäischen Gemeinschaft“__

zu beschönigen versuchte, berührte meine Lippen, und dies tat meinem Verstand sofort folgendes kund:

*Heute wirst du wieder nicht auf Arbeit gehen. Um
dich ist es doch eh geschehen…*

Gluck, Gluck, Gluck! - während der Saft vergorener
Trauben meine Kehle herunterrann, begann ich ins
nächste Stadium der prozeduralen Kognitionsketten
abzudriften… wenn es nicht mehr viel schlimmer hätte
werden können, traf mich die immer wieder
wiederkehrende und erschütternde Erkenntnis wie ein
Schlag: An allem voll und ganz selbst schuld zu sein…

Der Wein begann sofort reinzuknallen. Und mit ihm die
Selbstvorwürfe, die Selbstzerwürfnisse…

Verjagt hast du sie! Mit deinem scheiß Rumgebecher! Und
deinem ausuferndem Rumgejaule! Hast du es nicht in
ihren Augen gesehen? Dass sie dich vor die Wahl gestellt
hatte? Sie oder die Flasche? Schätze ich als blöde Flasche
allein reichte ihr völlig, da musste sie mich nicht die ganze
Zeit auch noch an so einer Buddel nuckeln sehen…

Hätte ich… das letzte Mal gelassen, wären wir… vielleicht?

Einen kräftigen Schluck später entzündete ich die Kerze
auf dem Wohnzimmertisch und inspizierte den
Aschenbecher. Ich begann, was dem riesigen Gefühl von
Räudigkeit keinen Abbruch tat, die Stummel, die noch
einem rauchbaren Restfussel für meine suchtgetriebenen
Griffel bereithielten, aufzulesen, und den bisschen
schmandigen Tabak herauszupulen. Dieses aus der Not
geborene Rauchgerät schließlich eingedreht und in den
Mund gesteckt, setzte ich mich auf, und trank trotzig den
letzten Schluck der europäischen Gemeinschaft aus.

Jetzt blieb nur noch dieses nach Aschenbecher stinkende, krüppelige Konstrukt einer Kippe. Tja, liebenswürdig war sicher etwas Anderes! Nichts in der Welt rechtfertigte es, mit einem Komplettversager wie mir zu verkehren! Der um halb sechs Uhr morgens mit den zitternden Fingern im Aschenbecher herumfuhrwerkte, um irgendwie den nächsten Kick zu bekommen! Alle anderen waren doch auch in der Lage, aufzustehen und ihre Brötchen verdienen zu gehen! Alle anderen standen nicht wankend und hustend in ihrer heruntergekommenen Drecksbude, deren Wände schon wieder Seegang hatten und überlegten, welche besonders melancholische Schallplatte sie auflegen könnten, um ihr letztes kleines bisschen Rauschmittel zu verknuspern… irgendetwas, was mich runterzog und im Selbstmitleid bestärkte? Tja, ich fiel von ganz alleine in die Grube, die da nie ward für wen anders gegraben als für mich selber! Mit den kitschigen Liebesschnulzen und dem Ausmaß an mich zerfressenden Anklagens und Schuldigsprechens würde sie sich bestimmt all zu leicht auf sechs Fuß Tiefe ausheben lassen. Also die Schallplatte lieber mit Bedacht gewählt! Nichts, wo allzu sehr der Glanz verlorener Tage anhaftete! Etwas, was ganz für sich alleinstand, vielleicht aus der Zeit, bevor wir uns kennenlernten? Uff. Wie…? Es fiel mir schwer, mich dieser Epoche zu entsinnen… auch die Zeit unserer Beziehung verblasste vor meinem inneren Auge. Nur dieses schwerwiegende, mit Dornen gespickte Niemandsland außerhalb der Raumzeit blieb, und das verschluckte jede Chance auf eine lichtvolle Erinnerung daran, einmal ein warmes Plätzchen im Universum gefunden zu haben…

Schließlich entschied ich mich für eine schon durchgelutschte Schallplatte, welche allerhand Instrumentalversionen schmalziger Liebeslieder enthielt. Bei dem auf einem Saxophon oder auf einer Steel-Guitar substituierten Melodiespuren würden mich keine Textzeilen quälen. Dementsprechend waren viele jüngere Gebrauchsspuren auf dem Plattencover. Antriebslos stellte ich die Wiedergabegeschwindigkeit auf 75 Prozent, um meine Schwermütigkeit noch zu unterstreichen:

Nach den ersten drei getröteten, langgezogenen Tönen von „Only You" ließ ich mich auf den Sessel fallen. Verdammt noch mal, ich war ja vollkommen selbst schuld! Was wollte sie denn überhaupt mit so einem Penner wie mir? Ein Wunder, dass überhaupt, und wie lange… wie erwartet, schmeckte der giftige Qualm der Missgunst der Stunde nach einer Mischung aus verbrannten Arschhaaren und verrußtem Kaminofen. Hustend kämpfte ich mich durch den Glimmstängel zu der melancholischen Blechblasinstrument-Adaption des Liedes, in alles versengender Sehnsucht ausharrend, grübelnd, hoffend, es möge einen Weg, eine Möglichkeit, oder… vielleicht eine ausgelassene Unwahrscheinlichkeit oder irgendein argumentatives Schlupfloch geben, dass sie überzeugen könnte, zu mir zurückzukommen!

Doch ich hatte diese Chance auf meine traumhafte Zukunft an ihrer Seite verwirkt. Keine Hilfe angenommen, gegen das bedrohliche Ausmaß an Regenwolken, deren Schlechtwetter über mein Haupt schwebend sieben Tage die Woche Niedergeschlagenheit auf mich herabregnen ließ. Wie oft hatte ich ihr versprochen, keinen Sprit mehr anzurühren… was hatte sie mich gestützt im Kampf gegen die inneren Dämonen, aber es war ihr wohl irgendwann zu viel, mitanzusehen, wie sie mich niederrangen. Ein jämmerlicher Anblick, für den man kein Funkeln mehr erwarten konnte!

Da war diese Frohnatur doch der geeignetere Kandidat, um von ihr angefunkelt zu werden! Oh, ihr glockenhaftes Lachen, welches ich seinerzeit gern in ein Einmachglas konserviert eingefangen hätte, um es überall dabei zu haben! Wie viel besser passte wohl dieser aufgeweckte, quicklebendige junge Zeitgenosse, der mit seinen Späßen immer ein schallendes Gelächter aus den Mündern seiner Mitmenschen herauszuprovozieren wusste zu ihr, als ich miesepetriges Trauergespenst…

Wellen aus Hass und Trauer erlösten mich aus der Phase der Selbstschuldigsprechung. Bei dem Gedanken, auf wie viele mögliche Arten und Weisen er mit seinem sportlichen Boxerkörper noch besser zu ihr zu passen schien, im gedämpften Licht ihres Schlafzimmers, erteilte mein Herz mit einer emotionalen Guillotine den endgültigen Kahlschlag für die verwachsenen Netzwerke in meinem Gehirn. Das Bild ihrer verschwitzten, verschränkten Körper auf genau der Bettwäsche, auf der ich die schönste Nebensache der Welt erlernte, löschte den wieder aufgeloderten Brandherd der Sehnsucht nach ihr. Auf die mit stichelnder Eifersucht gepieksten Einstichstellen der Seele schmierte ich eine gehörige Portion Gleichgültigkeit. Es war einfach nicht mehr rückgängig zu machen! Dieses Gefühl, das mich nach der Haarbürste überwältigt hatte, war nicht mehr abrufbar. Dieses mysteriöse Gefunkel, ich dürstete nicht mehr danach. In den Spalt erst einmal schmerzhaft hineingefallen, der sich vor meinen Füßen auftat, bei der den Himmel und die Erde zerteilenden Vorstellung wie *er... sie... küsst...*, resignierte mein Herz, und es war unmöglich, noch weitere Gefühle für sie aufzubringen. Tja. Wo die Liebe hinfiel. Bumste Marie jetzt eben... uff. Gottes Wege waren unergründlich.

Du bist mir *egal.*

E g a l.

E G A L!

Etwas in mir löste sich, starb ab, ging kaputt oder was auch immer. Das Verlangen schien wirklich langsam nachzulassen. Nicht, dass die Problematik sich lichten würde; sie war nur im Nebel der Gleichgültigkeit plötzlich nicht mehr zu sehen. Trotzig drückte ich die Kippe aus. Mein Schädel wummerte, wie katatonisch erstarrt saß ich zu dem Lied „Unchained Melody" da und zerlöcherte die Rauhfasertapete mit meinem Draufgeschiele. Nun, die Welt schien mir ja ganz eindrücklich beweisen zu wollen, dass sie auch ganz gut ohne mich zurechtkam!

Vielleicht wäre es sogar besser gewesen, dieser Klumpen Fleisch und Knochen namens Maximilian Ahnert wäre nie geboren worden! Nach und nach setzte sich der mentale Prozess in Gang, in dessen weiteren Verlauf man die Distanz zum eigenen Ableben nicht mehr kontrollieren konnte. Der Weg in die Zukunft war für immer verbaut, und das Verweilen in der Gegenwart unter dem Diktum des Leidens schier unerträglich geworden... die Vergangenheit hielt nur schmachvolle Begierde und ein Lechzen nach schöneren Zeiten parat. Und so war jeder Augenblick im Hier und Jetzt, aus der vollumsorgten, lieblichen Vergangenheit für immer ausgeschlossen, zuzüglich des unaufhebbaren Einreiseverbots für die Zukunft, von Todesqualen ausgefüllt, derart von destruktiven Selbsthass geprägt, dass der Ausweg, einen Strick zu nehmen, sich als immer gefährlich annehmbarere Handlungsoption darbot…

Viele Jahre nach dem Tod unseres Vaters, als ich ein vollumfängliches Bild über die Art und Beweggründe seines Ablebens erlangt hatte, meinte mein Bruder einmal in einem glühweininduzierten Redeschwall: Ne, so hätte er nicht abtreten wollen. „Lieber mit einem großen Knall! Und dabei… möglichst viele mitnehmen." Ich bin da anders. Ein noch viel diskreteres und leiseres Dahinscheiden wäre mir recht. Man würde allerhöchstens ein klitzekleines Abschiedsbriefchen finden, der leblose Körper würde im Wald kompostiert, die Knochen vielleicht Jahrzehnte später vom Förster aufgelesen… jedenfalls wollte ich doch nicht auch noch im Tod meine Mitmenschen bekümmern! Doch so oft ich in all diesen Situationen zum Küchenmesser schielte, oder über das Herunterspülen einer ganzen Packung Barbiturate sinnieren mochte, es fehlte die ungeheure Portion Mut dazu, die es brauchte, um den Gedanken in die Tat umzusetzen. Denn, einen Mund voll Tabletten herunterzuschlucken, mochte vom mechanischen Gesichtspunkt einfach erscheinen… doch es war der allerletzte Schritt an der Schwelle, an der die Klinge schon ins Fleisch drückte, an der das letzte bisschen Stück Restvernunft doch noch Einhalt gebot. Wobei es weniger die Vernunft oder der Wille, doch am Leben zu bleiben war, *als die Angst*. Nein, weder den säuerlich-süßen Geschmack eines Apfels zu nie mehr vernehmen zu können oder vom Vogelgezwitscher an seinen Platz innerhalb des barmherzigen Schoßes von Mutter Natur erinnert zu werden, all die mannigfaltigen gedanklichen Regungen, die einen davon abhielten, die Barriere seiner körperlichen Unversehrtheit zu durchbrechen, all diese Sachen taten der Angelegenheit keinen Abbruch, es war schlicht und ergreifend: *Angst.*

Der blaue Phillips-Kofferplattenspieler spielte nun „Blue Moon", und ich konnte es mir nicht verkneifen, einen Blick auf den Vollmond zu werfen der da hoch oben im Firmament thronte, um in dem letzten bisschen Stückchen Zeit vor der Dämmerung sein Licht auf die Landeshauptstadt zu werfen. Beim Fixieren des Erdtrabanten ergriff mich plötzlich ein gänzlich unbekanntes Empfinden. Statt der wuchtigen Selbstverachtung, die es mir dringend nahelegte, mich auf das nächste Gleisbett zu legen, erwuchs plötzlich ein hasserfüllter Ekel gegenüber der Welt im Allgemeinen. All die noch selig schlummernden Menschen, alle, die schon auf dem Weg zur Arbeit waren, wurden Adressaten meines missgünstigen Grolls. Warum durften sie alle so ein unbeschwertes und glückliches Leben führen? Was hatte ich verbrochen? In diesem Moment geschah es, dass eine Sternschnuppe in der Peripherie des Himmelszeltes erschien, um sich mit ihrem glühenden Schweif den Weg durch die obere Atmosphäre zu bahnen. Verdutzt gaffte ich ihr noch einen Moment nach. Mein Leben lang wollte ich so ein Ding schon sehen, hatte immer im entscheidenden Moment nicht hingeguckt, und nun!? Was sollte ich schon groß damit anfangen? Ich war und blieb wunschlos unglücklich...

Wenn ich nur einen letzten Wunsch frei hätte, dann natürlich…

Awrr. Aua!

Plötzlich versetzte mir die Eifersucht wieder einen Stoß. Der Gedanke, Marie zu küssen, auf den Mund, mit dem sie seine Lippen und weiß Gott was sonst noch berührte, geriet ins Stocken. Stattdessen erfasste ein absoluter, totaler Vernichtungswille für die Welt generell mein Herz:

Meinetwegen
sollen sie die Bombe schmeißen!
SOLL DOCH DER GESAMTE PLANET
IN EINEM THERMONUKLEAREN INFERNO
ZUR HÖLLE FAHREN! Mir nur recht! SOLLEN
UNS DIE RUSSKIS UND AMERIKANER DOCH
ALLE IN DIE LUFT SPRENGEN!
MÖGE DIESE SCHNÖDE, SÄMTLICHEM
ZAUBER ENTRISSENE WELT
DOCH
ENDLICH
ZU GRUNDE GEHEN!
AUF
DASS
SICH
NACH
ALLEM
MEERESGETIER,
REPTILIEN,
SÄUGERN
UND MENSCHENAFFEN DIE KAKERLAKEN
ALS NÄCHSTES IN DER SCHÖPFUNG
BEWEISEN KÖNNEN!!!

Auf einmal wurde mir ganz schlecht von dem ungewohnten neuen Ausmaß meiner Niedertracht.

Sich selber den Tod zu wünschen, das war ja schon eine Sache für sich. Aber nach dem Untergang sämtlichen Lebens des gesamten Planeten zu trachten, dies war neu. Meinte meine Mutter nicht einmal, zur Erfüllung eines Wunsches nach der Sichtung eines derartigen Himmelskörpers sei es essenziell, den Wunsch geheim zu halten? Stillschweigen zu bewahren? Den Inhalt niemanden zu erzählen? Eine solche seelische Verdorbenheit würde ich doch außerstande sein, einer anderen menschlichen Seele mitzuteilen! Das konnte ich doch keinem anderen preisgeben! Niemanden konnte ich es sagen!

Man sollte lieber aufpassen, was man sich insgeheim so wünschte… aber es war dieses Gefühl. Der Wunsch wurde entweder aus verzweifelter Krankheit oder krankhafter Verzweiflung geboren…

Alles wäre mir recht gewesen, damit dieses Gefühl aufhörte. Auch ein Atomschlag. Ich fragte mich, wann dieses Gefühl das erste Mal auftrat. Meines Wissens war es schon immer da gewesen, seit frühester Kindheit.

Erstes Kapitel

Strömender Regen. Ich stand sprichwörtlich wie bestellt und nicht abgeholt unter dem Vordach der Schule, Zuflucht suchend vor dem sintflutartigen Niederschlag, dessen Zerplatzen feine kleine Seenlandschaften und binnengewässerartige Ströme und Flussverläufe auf dem Schulhof hinterließ, um schließlich, am Kantstein subsumiert, zu einem reißenden Strom zu werden.

Meinen sechsjährigen Kinderleib an die kalte Backsteinmauer lehnend, fragte ich mich, wie spät es wohl war. Ich hatte meine Uhr nicht aufgezogen; mir war es neu, dieses Dings, den Tag in vierundzwanzig kleine Häppchen zu schneiden. Noch vor wenigen Tagen hatte Mutter Natur allein mir die Zeit bemessen, und dies hochpräzise:

Einmal am Morgen läutete die Sonne den Tag ein,
und ihr abendliches Verschwinden die Nacht.

Nun wurde auch von mir verlangt, die Tageszeit exakt zu portionieren, und ihnen etwas von meiner abzugeben!

Schätze, so eine Viertelstunde, nachdem das letzte Kind abgeholt wurde, setzte der Hagel ein. Den fingernagelgroßen Geschossen vorausgegangen war ein Unheil verkündendes Donnergrollen. Es stammte von einer aus dem Norden hereinbrechenden Gewitterfront, die innerhalb weniger Augenblicke den Himmel über der Zwickauer Innenstadt verschlungen hatte. Nun schoss der Himmel nicht mehr wie ein elektrostatisch aufgeladenes Ungetüm mit Blitzen und gefrorenen Wasserstoffketten…

… es entlud sich nur immer weiter kubikliterweise

Platzregen. Es goss wirklich wie aus Kübeln…

„Dor Vati hat sischer een trifftigen Grund, worum er misch net abholen gommt.", sagte ich leise zu mir selbst.

Wahrscheinlich *arbeitete* er wieder länger. So dass er spätabends zur Tür reintorkelte, dem Artikulationsvermögen entmächtigt an uns vorbei ins Bett wankte. Der Vati sagte manchmal, wir seien doch keine Engländer, Regenschirme bräuchten wir als deutsche Buben nicht! Man sei ja nicht aus Zucker! Kurz grinste ich schelmisch. Nein, aus Zucker zu sein, das wäre meiner kindlichen Naschbegierde und mir längst zum Verhängnis geworden. Von Kopf bis Fuß hätte ich mich selbst abgeknuspert und abgenagt, mich bis zur Selbstaufgabe selbst aufgegessen, lange bevor mir die faulenden Karieszähne hätten ausfallen können. Selbstbeherrschung lag mir nicht, ich war heilfroh, nicht aus Zucker zu sein, auch deswegen, weil mich der Platzregen bei Berührung nicht in einen klebrigen Glukoseberg verwandeln würde, und überlegte, die eiskalte Dusche in Kauf zu nehmen. Zeit war ja bekanntlich Geld, auch wenn sich das Geld nicht wirklich wieder in Zeit zurückverwandeln ließ. Den Weg kannte ich gut, es war nur die leise Hoffnung auf ein schwaches Anklingen früherer Tage, als die unbedarften Spaziergänge an den Fachwerkbauten entlang einen Vater bereithielten, dessen alles erklärende Anziehungskraft Schutz, Wissen und Fürsorge bot. Mein Grinsen verließ mich. Kurz dachte ich an meinen Vater, der da lallend schwor, unseren Leibern könne weder Regen noch Schnee irgendetwas anhaben, und dass seine Söhne vom gleichen Schlage seien. Bestimmte Schnapssorten wussten aus seiner griesgrämigen Abscheu vor der Welt verborgene Schichten freizulegen. Ein Mann aus einem ganz anderen Leben. Dem vor der auszehrenden, hungerleidig-fröstelnden Erfahrung, die Mutter, stets nur mythisch umschrieben, als den Grund aufführte, warum unser Vater auf tägliche Betäubung zurückgreifen musste. Mir war das alles noch ein riesiges Rätsel… dieses unausgesprochene Ding, welches den Alten umgab. Trotzdem zeigte sein mir eingebläutes Gebot Wirkung, und ich trat, den Rucksack schützend über den Kopf haltend, aus der Deckung. Bereits drei Sekunden später war ich pitschnass, und watete durch die Pfützen des Schulhofs, da die Sandalen eh keinen Schutz boten. Knöcheltief, nasse Socken, *bibberdibidderdi…* - es hinter mich bringen wollend, galoppierte ich die Hauptstraße entlang in Richtung Neubaugebiet!

Es sollte sich herausstellen, dass der Starkregen ungefähr eine Viertelstunde später schlagartig aufhörte… hätte ich nur ein Fünkchen mehr Geduld gehabt, wären meine Kleider und Leib trocken geblieben. So musste ich mich ernsthaft fragen, ob ich wirklich aus dem selbem Holz geschnitzt war, durchnässt bis auf die Knochen, unter den Flapp-Flapp-Geräuschen meiner mit Wasser vollgesogenen Sandalenschritte. Jahrelang Wind und Wetter trotzen, wo doch so ein bisschen Nässe auf dem halbstündigen Nachhauseweg mich schon so derart außer Gefecht setzen konnte.

… die vielen Stufen im Treppenhaus schleppte ich mich hoch, entkräftet, hungrig, tropfend, und in heißhungriger Erwartung auf unsere beheizte Mietswohnung. Stockwerk für Stockwerk befeuerten die leckeren Gerüche, die mir aus den quaderförmigen Biotopen unserer Nachbarn entgegenwaberten, meinen Appetit. Im vierten Stock trocknete ich schließlich meine Schuhe auf der Fußmatte, von den Ärmeln und der Nasenspitze rannen Tropfen herab. Einen Moment starrte ich noch auf das Türschild mit dem Namen:

„Ahnert"

… das kunstvoll geschwungen mit dem Brandmalgerät ins Lindenholz graviert war. Dann drückte ich die Klinke herunter und trat in den kastenförmigen Lebensraum, den ich andächtig *unser Zuhause* nennen durfte:

Bellend empfing mich Heino. Ich wuschelte von seiner mich abschlabbernden Schnauze bis zum wedelnden Schwanz durch sein Schäferhundefell, überglücklich, ihn wiederzusehen. Die zitternden Finger in sein goldbraunes Fellkleid versenkt, registrierte ich am leeren Hutständer und fehlendem sonstigen Schuhwerk, dass wir wohl noch zu zweit sein mussten.

Muttern war wohl noch in der Fabrik, Vater auch auf Arbeit und Wilhelm noch in der Schule, oder, noch wahrscheinlicher, am sich herumtreiben…

Während unser Familienhund zwischen meinen noch wackeligen Beinen umhertollte, entledigte ich mich der klatschnassen Kleidung und hing sie über die Wohnzimmerheizung. Zwei trockene Socken, eine trockene Hose, und ein trockenes und warmes kariertes Baumwollhemd aus dem Kinderzimmer später, fand ich mich mit Heino schmusend auf dem Wohnzimmerteppichfußboden wieder, den Rücken an die voll aufgedrehte Heizung lehnend.

26

Gedankenverloren kraulte ich ihm den Bauch, und schielte kurz rüber zu der tickenden Pendeluhr, die auf der Anbauwand die Zeit verkündete. Was nur anfangen mit der Zeit? Jetzt, wo ich die Uhr lesen konnte, beziehungsweise, lesen musste, war mir permanent, als würde die Zeit ablaufen. Vorher noch unendlich, war aus ihr ein limitierter Rohstoff geworden.

Sollte ich mich den Bauklötzen widmen? Oder mit den Spielzeugautos ein waghalsiges Rennen veranstalten? Mir mit den Buntstiften eine farbenprächtige Welt erschaffen? Der Fußball war allein und bei dem Wetter, welches den Bolzplatz in eine Matschgrube verwandelt haben musste, doch irgendwie reizlos. Generell blieben meine Spielsachen mir als Quelle der Begeisterung verwehrt. Es brachte… irgendwie keinen Spaß. Seit einiger Zeit… plagte mich… so ein… *Gefühl.*

Meinem kindlichen Gemüt fehlte schlicht das Begriffsrepertoire, um diese Stimmung, diese Empfindungen zu benennen. Es begann alles mit der Verwunderung darüber, keinerlei Lust zu haben auf meine Buntstifte, mit welchen ich sonst mächtige Burganlagen, die jeder Belagerung trotzten, auf das Papier des Zeichenblocks bannte. Aus dem anfänglichen Wegbleiben der Freude erwuchs dann alsbald eine unbestimmte *Niedergeschlagenheit.* Etwas schlug mir auf den Magen, und mir begann in Pfützen und Schaufensterspiegelungen aufzufallen, dass ich haargenau den gleichen Gesichtsausdruck bekommen hatte wie unser miesgelaunter Vater.

Vater! Ich war vom gleichen Schlag! Er hatte mir bestimmt dieses Leiden vermacht! Finsteren Blickes luscherte ich zu den vielen leeren Bierflaschen, auf dem Fliesentisch. Es wollte mir einfach nicht in den Kopf gehen! Was war zuerst da, Huhn? Oder Ei?

Trank der Vati so viel, weil er so niedergeschlagen war? Oder war er so niedergeschlagen, weil er so viel trank?

Vielleicht war die Zeit reif für ein Experiment!?

Ein Geistesblitz durchrüttelte mich, schüttelte mich durch, vertrieb für einen Moment die finsteren Gedanken! Die Idee war geboren, sie schrie danach, zur Tat zu schreiten. Vielleicht war es ja möglich, die Kausalkette zu unterbrechen? Was, wenn er schlicht kein Gift im Hause hätte, das ihm den Zugriff auf sein sonst so aufgewecktes und einfühlsames Gemüt verwehrte? Bekamen wir vielleicht den richtigen Vati zurück, wenn er sich nicht den ganzen Abend betrinken konnte? Feindselig schielte ich rüber zu dem Bierkasten und der Flasche Cognac auf der Anrichte neben der hübschen erzgebirgischen Pyramide…

Am liebsten würde ich das ganze Dreckszeug einfach auskippen und im Klo herunterspülen. Das würde mir die Tracht Prügel wert sein. Es würde ein schmales Zeitfenster geben, in dem man vielleicht zu ihm durchdringen könnte. Generell war ihm nüchtern doch noch nie die Hand ausgerutscht. Seine wutentbrannte Pranke, für dessen willkürliches Hervorpreschen unser Alter sich jedes Mal hinterher fürchterlich schämte, erwischte eh viel eher Wilhelm… *auch wenn der es selbstverständlich an den Lieblingssohn weiterzureichen wusste.*

Gedankenverloren schleifte ich die Kiste Radeberger, um

die Flasche braune Flüssigkeit ergänzt ins Badezimmer. Heino beobachtete mein Treiben mit gespitzten Ohren und wedelnder Rute. Im gefliesten Raum angekommen, öffnete ich den Klodeckel und klappte die Brille hoch. *So.* Erstmal das hochgiftige Zeug. Als ich den Deckel abschraubte und kurz daran schnüffelte, entlockte das meinem Verdauungssystem ein angeekeltes Würgen. Kein Wunder, dass mein kindlicher Zellverband so heftige Abwehrreaktionen zeigte, wenn selbst Vati ab dem fünften und sechsten Glas große Mühe hatte, das Zeug drin zu behalten. Das toxische, flüssige Betäubungsmittel hatte eine ganz bestimmte Farbe! Klarer Schnaps wie Korn oder Wodka schien auch ihn durchsichtig zu machen… Mit glasigen Augen saß er da, wie ein Geist, zu dem man nicht durchdringen konnte. Spöttisch dachte ich daran, wie ein guter Rotwein ihn zu einem liebevollen, Mutter umgarnenden Kavalier zu verwandeln im Stande war. Wie sehr passte die Farbe des seiner Wahrnehmung von der Wirklichkeit alterierenden Getränks doch zu seiner Wirkung! Tja, und dieser hier hatte nun einmal die mich alarmierende Farbe, nämlich – *braun.*

Willi pflegte zu scherzen, der Vati war und blieb ohne Sonne braun. Das kapierte ich nicht. Was feststand, war, dass brauner Schnaps ihn auf diese einzigartige Weise *einfärbte:* Fanatisch. Hasserfüllt. Vernichtungswillig. Seinem Eid ergeben. Bereit, bis nach Asien zu marschieren, bis *niemand mehr stört Deutschlands Glück.* Während die ersten beiden Gläser ihm noch ein nostalgisches Marschliederbrummen bescherte, trat darauffolgend das Herunterspulen weltanschaulicher Monologe auf, die Mutter in ihrer Heftigkeit stets zu bremsen versuchte. Es lief jedes Mal gleich ab. Am Ende fraß sich der Frust nach außen, sich das mit dem tausendjährigen Reich ganz anders vorgestellt zu haben, als vom Russen im Uranbergwerk herumgeschubst zu werden…

Es sollte noch viele Jahre dauern, bis ich die vielen rätselhaften Puzzleteile zu einem Ganzen zusammengesetzt haben würde. Momentan deutete mir zumeist nur ein mich mit roter Wange und Fußball erwartender Willi am Hauseingang unten an, dass wir lieber den Nachmittag auf dem Fußballplatz verbringen sollten, weil der Vati wieder braunen Schnaps trank…

Gluckgluckgluck. Es war dasselbe verhasste Geräusch, dass es machte, wenn der erste Feierabendtropfen Bier auf der Zunge die neuronale Datenautobahn in seinem Gehirn befeuerte und er auf Druck die ersten beiden Flaschen herunterstürzte… es fühlte sich fast schon ein wenig befreiend an, ihn davor zu bewahren! Auch wenn ich dafür eine gescheuert kriegen würde. Die Bierflaschen stellten mich zuerst vor ein Problem. Doch nach der dritten oder vierten, mit der Haarbürste ploppend geöffneten Flasche hatte ich den Dreh raus. Ging ja eigentlich ganz einfach! Beim vorletzten empfand ich dann eine gewisse Schande… …wie schade war es doch eigentlich um den Gerstensaft, diesem malzig erfrischenden Hopfentrunk, den ja der Vati gekauft hatte, und der ja weiß Gott sein Feierabendbier doch redlich verdiente!

Nur für sich allein, ohne den auf den Badezimmerfußbodenfliesen wahrnehmbaren Geruch von Urin und Putzmitteln, roch Bier… eigentlich gar nicht so schlecht! – diese herb prickelnde Note! Ehrfürchtig öffnete ich die letzte Flasche… sprudelnde

Kohlensäurebläschen lockten nun zum Genuss dieses wohl sehr schmackhaften Getränks mit der Aufschrift:

„Radeberger Pilsener - Königlich sächsische Braukunst"

Welch Schande, so viel davon weggekippt zu haben… Herrgott, wer war ich, diese Erwachsenensache beurteilen zu wollen! Was hatte ich hier eigentlich grade gemacht? Vor wenigen Jahren gab es Krieg und jeder Brotlaib war rar! Und ich hatte hier gerade nichts anderes zu tun, als meinem hart arbeitenden Vati das Letzte zu nehmen, was ihn an seinem Feierabend wenigstens ein bisschen aufheitern konnte…

Ich hielt meine wissbegierige Nase daran und schnupperte, tat einen tiefen Zug. Fantastisch, fast schon lecker, zum Wasser im Munde zusammenlaufen roch es mit einem Mal! Was nun passierte, dafür habe ich nur die Erklärung, dass es bei uns wirklich in der Familie liegen musste: Sobald der Geruch allein auf olfaktorische Weise Einzug in mein Hirn fand, schienen sich merkwürdige Schalter umzustellen. Gleichwohl, als würde in dem Getränk ein eigenartiger Zauber untergerührt worden sein, der sich nur Eingeweihten offenbarte… eine Verflechtung von Neugierde, es ausprobieren zu wollen, und der unumstößlichen Tatsache, dass die Erwachsenen auf diese Flüssigkeit schworen, mischte sich in das Gefühlskonsortium von Angst, Aufregung und Genugtuung. Hmmm, nur einmal die Zunge reinhalten? Um wenigstens zu erahnen, was ich hier literweise ins Klo entsorgt hatte…?

 - Bevor meine Selbstbeherrschung überhaupt erst ein Urteil fällen konnte, hatte mein kindliches

Explorationsbedürfnis mir bereits die Flasche an den Mund geführt:

Ich nahm einen großen Schluck, und prustete und spuckte den ungewohnt bitteren Schwall unmittelbar wieder heraus. Geschockt sah ich auf den Rest der Flasche und konnte es nicht fassen, wie man so etwas herunterbekommen sollte! Die Kohlensäure brannte in der Nase, und meine Augen waren etwas herausgetreten. Und das sollte nun richtig feines Bier sein? Wie schmeckte denn dann die andere Plürre? Wie Spülwasser? Meine Eltern behielten wohl recht, gewisse Sachen waren einfach nichts für Kinder. Trotzdem war das eine einzigartig eigenartige Entjungferung, als die ersten Tropfen meine Mundschleimhaut benetzten. Ein irres Gefühl von Befreiung und Versklavung gleichermaßen kündigte sich mir im Geiste wie im Fleische an. Ähnlich wie ein Déjà-vu, nur dass man das Erlebnis nicht wie als schon einmal stattgefunden empfand, sondern als schon immer da gewesen…. mit Körper, Geist und Seele fand ich mich auf einmal mit dem Flascheninhalt verbunden…
…spürte, dass es in allen Zeiten so gewesen war.

Außerdem musste ich nicht doch, um mir ein aussagekräftiges Bild davon in meinem Kinderhirn zu machen, einen viel größeren Teil herunterschlucken? Schließlich sollte der Zauber seine Wirkung entfalten!

Nur mit größter Überwindung und dem Unterdrücken des Würgereflexes bekam ich den nächsten Schluck hinunter, ächzte und würgte, spürte, dass mein Körper mich davor bewahren wollte. Zusammengezogenen Gesichtes setzte ich entschlossen zum dritten Mal an. Dieser nächste, viel größere Schluck des schäumenden

Gerstentranks wurde zu einer alles an Willenskraft kostenden Bewährungsprobe für die kontrahierende Verdauungsmuskulatur. Obwohl das Gift so stark verdünnt war, merkte ich sein Eindreschen auf die Magenschleimhaut. Rülpsend und japsend zum nächsten ansetzend, stoppte ich… unmittelbar… in meiner Magengrube, die zu Übelkeit und einem flauen Gefühl tendierte, machte sich etwas Sonderbares breit:

Der Zauber!

Er begann bereits zu wirken! Eine wohlig warme Euphorie breitete sich im Bauchraum aus, bemächtigte sich der Gliedmaßen, und durchtränkte mich schließlich vom Kopf bis in die Fuß- und Fingerspitzen. Das also war es! Die Art von Magie, die dem zerknitterten Nervenkleid meines Vaters frischen und ungetrübten Lebensgeist einzuhauchen vermochte! Einen Schritt rückwärts machend, genehmigte ich mir den nächsten zaghaften Schluck und sah, stolz über meine enorme Frühreife, selbstbewusst in den Spiegel. Feuchtfröhlich grinsend sah mir mein Ebenbild entgegen, erstaunt, dass mir dieser Schabernack einen so zufriedenen Gesichtsausdruck auf die Lippen zauberte, wie er Wochen bis Monate nicht mehr aufgetreten war. So glücklich… war ich überhaupt noch nie gewesen!

In die anflutende gute Laune mischten sich Gleichgewichtsstörungen und ein Taubheitsgefühl in den Gliedmaßen…

Der Zauber wird sich doch noch steigern lassen?

Mit einem gewaltigen Zug leerte ich den Rest der Flasche.

Plötzlich fand ich es auf einmal sehr schade, dass nicht noch mehr davon da war. Wie konnten so ein paar Schluck schon ein derartig brennendes Verlangen nach mehr entfachen? Alles klar. Deswegen war es bei uns zuhause so. Holla, die Waldfee! Das Badezimmer hatte auf einmal Seegang - aber wie! Oha! Ach du grüne Neune!

Ich musste mich am Waschbecken festhalten. Plötzlich wurde mir sehr schwindelig. Beim Versuch, die letzte Flasche, die auf diese unbedachte und absurde Weise gleichsam zur *ersten* Flasche gewordene, in den Kasten einzusortieren, entglitt das Gefäß meiner nachlassenden Fingersensorik, was Heino ein lautes Aufbellen entlockte.

„Is ja gut, ist ja gut, Großer!", lallte ich überfordert.

Plötzlich prägte wieder das Stirnrunzeln die Spiegelreflexion, bevor meine Gesichtspartien dann den Ausdruck echter Verzweiflung annahmen. Was war geschehen, was hatte ich getan? Das würde doch einen Mordsärger geben! Einsetzende Schockstarre lähmte mich. Fluchtreflexe begannen, durch meine Oberschenkel- und Wadenmuskeln zu zirkulieren. In diesem zarten Alter lernte mein rudimentäres Moralempfinden doch gerade erst, Handlungen in richtig und falsch zu sortieren… fernab der gut gemeinten Intention war das hier einfach eine riesige Dummheit gewesen!

Mir blieb nur die Flucht. Plötzlich begriff ich, dass das von mir angestrebte Szenario, eines Vaters, der nichts zu saufen daheim hatte, mal gar nicht so erstrebenswert war. Der würde doch total austicken!

Am besten sollte ich einen Zettel kritzeln… dass ich bei einem fiktiven Klassenkameraden, nennen wir ihn… … *Karl-Heinz* übernachtete. Und klar, selbstverständlich waren Karl-Heinz seine Eltern auch einverstanden, das wird auch drauf stehen… im Schrebergarten war im November ja niemand, und Brennholz war auch noch da…

Zwei Tage und ein blaues Auge später schwor ich mir, solcherlei gut gemeinte Dummheiten nie wieder zu tun.

Als Kind hatte ich in einer Gewitternacht einmal einen schlimmen Fiebertraum. Gruselige Schatten kamen an mein Bett und sagten, sie würden mir kleinen Knirps schon beibringen, woher meine Angst käme…:

- Das nachfolgende sollte sich als der schlimmste Albtraum herausstellen, den ich je gehabt hatte, ein außerkörperlicher transpersonaler Ausflug in die Erbsubstanz Europas.

hust*…hust-hust-hust*…

Diese verfluchte Kälte Russlands. Das Rauchen dieses Machorka-Tabakverschnitts machte es auch nicht besser…

Meine in edlen Offiziershandschuhen warm gepolsterte rechte Hand machte den Stummel der Zigarette auf der Blumentapete der Kommunjalka aus, in der wir uns verschanzt hatten: Rechts neben mir der Sanitäter, an dem linken Fenster zwei weitere Landser, etwas weiter vorne kauerte Stolzenhuber, der Ausnahmescharfschütze unserer Einheit. Nach einem weiteren kurzen Husten griff ich wieder zum Fernglas.

„Tatsächlich!", rief der Sanitäter gedämpft. „Da ist einer."

Er hatte recht! Pünktlich, wie bestellt, die Wachablösung. Gegenüber auf dem Straßenzug, an einer auf der einen Seite zerbombten Fassade eines ehemaligen Hotelgebäudes war eine Gestalt am Fensterbalkon aufgetaucht. Mit schärferer Justierung der Linse des Fernglases identifizierte ich ihn als Rotarmisten. Eine Tschappka-Fellmütze, Fausthandschuhe und ein mongolisch, vielleicht auch tatarisches Gesicht… ein Untermensch halt. Auf seinem Mosnin-Nagant-Repetiergewehr war ein Zielfernrohr geschraubt. Dieses verdammte Bolschewistenschwein konnte uns noch gefährlich werden! Ich hielt meine Hand hoch, und spürte peripher, dass Stolzenhuber das Ziel bereits anvisiert hatte, und sich nochmal vergewisserte.

Kurz schielte ich rüber in seine blauen Augen. Nickend gab ich den Befehl:

„Jawoll, mach ihn kalt!"

Er spurte mit gehorsamem Hass im Blick. Wieder durchs Fernglas linsend, hörte ich den Knall des Schusses, und sah aus nächster Nähe, wie der Feind zum mittlerweile tausendsten Mal eine höchsteffiziente, saubere, deutsche Qualitäts-Einschusswunde verpasst bekam. Ungläubig betastete jener russische Scharfschütze das blutige Loch in seiner Brust, und sackte mit offenem Mund zusammen. Nur der eine Gefreite hatte weggesehen.

„Der ist weg vom Fenster", jubelte Stolzenhuber über seinen Abschuss.

„Klink-Klick-Klick-Klink.", besiegelte es der Geradezugverschlussbolzen des Karabiners 98.

Wie weit, wie… w e i t … wie weit denn noch die Reichsknüppelallee entlang? Melde gehorsamst, der Kessel wurde aufgegeben. Ein langer Tross einer sich zurückziehenden Division schob sich durch die verschneite Landschaft zurück. Längst schmerzten die halb abgefrorenen Füße nicht mehr, wir marschierten auf tauben Stümpfen durch den hüfthohen Schnee. Nun waren sie uns auf den Fersen! Der Spieß wurde letztendlich umgedreht; Katze und Maus haben Rollen getauscht! Nun waren wir es, die dazu verdammt waren, um ihr Leben zu rennen, und jeden Moment sah ich schon die T-34-Panzerketten durch den Schnee preschen. Die Ohren gespitzt, ob sich nicht doch wieder ein russischer Tiefflieger durch fernes Brummen ankündigte, um seine todbringende Bombenfracht auf uns zu schmeißen und mit seinem MG-Geratter unsere Deckung suchenden Kameraden zu durchsieben, blickte ich über die Schulter. Auch nach hinten war die Karawane aus einer sich zurückziehenden Wehrmacht unendlich. Wie oft hatte ich diese feldgraue Menschenkette sich mit ihren röhrenden und ratternden Kriegsmaschinen tief ins Feindesland hineinfressen sehen… und wie oft in den letzten Jahren sah ich den gesamten Vormarsch immer wieder ins Stocken kommen, sah wie die gesamte Front zu einer nasskalten und matschigen Schlammkuhle wurde. In klitschnasser Kleidung wurde, oft unter feindlichem Beschuss, irgendwie versucht, die Panzer, Kübelwagen, Halbkettenfahrzeuge und Sturmgeschütze von der Stelle zu bewegen. Und verflucht sei sie, die erste Schneeflocke, wenn ihre erste Berührung auf der Haut uns den Winter ankündigte… Und nun!? Kaum noch Gerät übrig. Demoralisierte Männer, am Verhungern, am Erfrieren, und ohne Patronen wanken mit erstarrtem Blick unsere Fluchttrasse entlang. Vierzehn. Vierzehn Monate haben wir tapfer die Stellung gehalten, ohne Panzer, ohne Luftunterstützung - alles für unseren großdeutschen Traum. Paulus und seine Kameraden haben sich angeblich dem Iwan ergeben. Scheinbar konnten wir uns gerade noch rechtzeitig aus dem Staub machen. Es war der Anfang vom Ende. Und die Sterne am Himmelszelt, sollten wir auch je wieder unsere

Heimat erreichen und ihr funkelndes Firmament bewundern, der Himmel würde nie wieder derselbe sein. Nicht nach den Gruben. Wenn es stimmte, was sie mit den zurückgelassenen Schwerverwundeten machten, wollte ich ihnen lieber nicht in die Hände fallen. Mit jedem Meter durch die verschneite Eiswüste verließen mich weiter meine Kräfte. Ich konnte einfach nicht mehr… irgendwann fiel ich wie viele andere kopfüber in den Schnee. Gerade, als ich kurz davor war, mein Bewusstsein zu verlieren, zog jemand an meinem Rucksack. Er schüttelte mich durch und rollte mich auf den Rücken. Eine Backpfeife später rief ein besorgter Kamerad mit kondensierendem Atem:

„Hauptmann Ahnert! Kommen Sie zu sich! Na los! Mensch, Gerhard, du willst doch nicht auf der Strecke bleiben!"

Auf einmal überschlugen sich die Szenarien, als ob ein Tunnel durch die Raumzeit mich von der Person herauszog und durch die Jahrhunderte schleuderte, aller wie Schall und Rauch verklingenden Namen entledigt:

Feuer, schwarzer Qualm, und eine menschgemachte Mondlandschaft, deren zerklüfteter Boden fortwährend von schwerer Artillerie umgepflügt wurde. Vierzig, fünfzig Meter hoch schleuderten die Explosionen der großkalibrigen Mörser das an der

Somme gelegene Erdreich in die Höhe, bevor es auf unsere Stahlhelme niederprasselte und den Geruch verbrannter Erde in die Nase trieb. Unsere schweren 08/15er-Maschinengewehre ließen keinen Tommi durchkommen. Immer wieder geriet der Angriff der viel zu schwer bepackten Briten ins Stocken, und jedes Mal, wenn ihr Vorstoß im Stacheldrahtfeld hängen blieb, hörten wir auf zu schießen auf dieses durchs Niemandsland gehetzte Menschenknäuel. Es wurde einem einfach zu speiübel davon. Beide Seiten bezahlten jeden erkämpften Quadratmeter innerhalb der von den Generalstäben abgesteckten Grabensysteme mit einer unfassbaren Menge menschlichen Blutes, nur damit am Folgetag die Schützengräben wieder die Besitzer wechselten…

Von der Technik hing in der Urkatastrophe des zwanzigsten Jahrhunderts alles ab. Zum allerersten Mal ermordete man sich auch in der Luft, und als sich der Wind drehte, wurde vielen aufs Grausigste bewusst, dass sich der heutige Stand der Technik auf katastrophale Weise gegen das Wohl der Menschheit wendete. Nie werde ich den Blick eines in Todesangst ausschlagenden Pferdes vergessen, als es, genauso verschreckt wie wir, zum ersten Mal so ein todbringendes Kettenfahrzeug auf sich zurollen sah… als wollte der schreckerfüllte Blick des vor Todesangst wiehernden Rosses klagend anprangern:

„Wer bist du, Mensch? Und was wurde aus dir, dass du so eine grausame Maschine konstruieren musst? Wirst du all diese verheerenden Dinge beherrschen können, die du in unsere Welt hineinerschaffst?“

Plötzlich hatte ich eine weiße Strumpfhose und einen barock anmutenden Waffenfrack an, und marschierte mit einigen Dutzend anderen Musketieren in absolutistischer, in pingeliger Feinheit formierten Menge in Richtung Schlachtfeld. Hinter uns donnerten Kanonen, und ihre Geschosse und Schrappnelle schlugen Breschen in die feindlichen Verteidigungslinien. Kein noch so harter Kasernendrill konnte einen hierauf vorbereiten. Im allgemeinen Pulverdampf und Kampfgebrüll hielt ich zitternd meinen Vorderlader umklammert, und reckte das ellenlange Bajonett nach vorne. Es war und blieb dieselbe Angst, der Gedanke, im nächsten Moment nicht mehr am Leben sein zu dürfen...; - da fielen sie in der Reihe vor uns, sackten weg wie Spielzeugfiguren. Ein berittener preußischer Husar ritt im Galopp an uns heran und brüllte säbelschwingend zu uns blutjungen Rekruten, denen das ohrenzerfetzende Krachen die Glieder lähmte:

„Aufschließen, na macht schon! Mut zur Lücke!"

Da waren wir an der Reihe, einzuspringen. Wir feuerten eine Salve, vor uns plumpsten sie um, die Männeken mit den Dreispitzen auf. Ich war gerade dabei, das Beutelchen mit dem Schießpulver aufzureißen, als mein Nebenmann vornüberfiel, und der Mann rechts neben mir zusammenbrach. Er sah mich ungläubig an, gurgelnd von dem ihm aus dem Mund sprudelnden Blut, wollte er noch nach mir greifen, doch dann...;

KAWUMM-KRACH*
⬚ riss es auch mich aus dem Leben…!

Fremdartig und doch bekannt schmiegte sich das Kettenhemd an meinen kampferprobten Kreuzritterleib. Unter der Flagge des Kreuzes führten wir den Krieg gegen die Ungläubigen und waren das Palästina-Lied singend ins gelobte Land gezogen. Herr, bitte erhöre unsere Gebete, lass uns nicht verdursten in dieser Einöde. Wenn wir nicht bald Konstantinopel erreichten, würden Ritter und Ross gleichwohl über die Klinge springen…

Nach der letzten Opferzeremonie war unser Siegeswille nicht mehr zu bremsen… die Antworten aus der Ahnenwelt waren eindeutig; die Götter würden uns im Kampf gegen die Eindringlinge zur Seite stehen! Aus dem Urwalddickicht des Teutoburger Waldes fixierten wir sie, die lange Kolonne aus Legionären, mit ihren rechteckigen roten Schilden, ihren Kurzschwertern und dem „Pilum", wie die Römer statt unserem „Gera" zum Speer sagten. Dazwischen Katapulte oder Ballisten, hier und da ein Streitwagen, der durch den sumpfigen Untergrund gelangt war. Hier im Dorngestrüpp der Brombeeren musste ich mir eingestehen, dass der gestrige Bilsenkraut-Trank mich sehr nachdenklich gemacht hatte! Immer wieder sah ich von den Invasoren zu uns Cheruskern, und den anderen Stämmen herüber.

Und wie wild und mordlustig wir aus den Sträuchern zu ihnen herüberstierten! Obwohl der Kampf mit Pfeil und Bogen eigentlich verpönt war, diese Waffe benutzten wir nur zur Jagd, hatten einige Alemannen und Sueben auf dem Thing besprochen, dass den feindlichen Bogenschützen des Imperiums auf Distanz eben nur mit einer vergleichbaren Taktik beizukommen sei. Alle warteten nur auf das Zeichen, den Boden mit dem Blut unserer Feinde zu tränken. Sollten die Altvorderen und Asen sehen, dass wir unseren Mann standen und tapfer das Land unserer Väter verteidigten, mit unseren Leben! Einen Pfeil aus dem Köcher nehmend, und behutsam anlegend, betrachtete ich den geschnitzten Eibenholzbogen. Mit den bunten Farben, die um meine Waffe waberten, wurde mir zum allerersten Mal gewahr, was für eine bahnbrechende und fundamentale menschliche Erfindung dieses Instrument doch darstellte! Die Kraft eines Baumes, seine Flexibilität und hölzerne Stärke überall mithinzunehmen, um den Tod seine Richtung zu weisen, aus der Ferne das Schicksal zu lenken. Völlig ekstatisch und wie in Trance starrte ich auf den Bogen, und schließlich gab die Waffe ihre Einzigartigkeit auf, und wurde zum Bogen schlechthin: Ich erkannte in der Waffe einfach alle Langbögen der Welt, wurde gewahr, wie ganze Völker von ihm ernährt wurden, sah, wie sein Pfeilregen ganze Länder unterwarf! Plötzlich jagte es mir einen Schauer über den Rücken! Was würde erst in späteren Tagen unseres Menschengeschlechts alles möglich sein!? Nachdenklich sah ich, wie die Sklaven und Soldaten versuchten, eine Balliste aus dem Schlamm zu ziehen... findige Konstrukteure des Imperium Romanum hatten meinen Bogen bereits in Übergröße nachgebaut, kein Schild der Welt konnte die Wucht des Geschosses aufhalten... wohin würde uns die Technik einmal führen? Würden Krieger der Zukunft es vermögen, Feuer vom Himmel regnen zu lassen, oder dem Feind einen giftigen Wind herüberzublasen?

Inmitten dieser Szenarien schmolz mein Ego zu einem Einheitsbrei, einem vielfarbigen, wirren Eintopf, dessen viele Schichten von verzerrten Silhouetten und verschwommenen Gestalten mir die Besinnung auf die eigene Erinnerung verwehrten. All jenes, was meine unbewussten Sphären aus dem streng bewachten Innersten vor der Persönlichkeit lieber hatten verbergen wollen, überströmte meinen labilen kindlichen Geist. Eben, weil ich zum Zeitpunkt dieses Fiebertraumes nicht zu existieren schien, war der schlafende Verstand seinem transpersonalen Erbe von vorgeburtlichen Leben schutzlos ausgeliefert. Ich hatte mich über Umwege verlaufen, in den Ballsaal der Verstorbenen begeben, im eigenen Unterbewusstsein verirrt, wo die Geister einen Schubskreis mit mir eröffnet hatten...

Auf einmal stand Willi neben meinem Bett. Ein wenig schadenfroh und dabei dennoch besorgt zugleich fragte er:

„Na, Kleener, schon wieder Albträume, he?"

Ich zitterte und war schweißnass. Hilfe? Wo war ich hier? Hölle, verdammt nochmal, das machte keinerlei Sinn! Wer war denn jetzt Maximilian? Auf einmal rannen Tränen über meine Wangen. Entgeistert wandte ich den Kopf in Richtung meines stirnrunzelnden großen Bruders und Aufpassers und schluchzte:

„Was ist denn damals passiert in Demjansk?"

Willi guckte irritiert und raunte:

„Keene Ahnung, wat soll'n da passiert sein? Klingt, als läge es bei de Russen oder in der Ukraine, der Ortsname... hör mal: Dein nächtliches Umeinandergerolle und Geschreie geht mir langsam gehörig auf'n Wecker! Hier haste een Startpaket!"

Er warf mir eine etwa feuerzeuggroße Packung Kaugummi auf die Bettdecke. Meine Hände hoben es langsam auf: (...ja, meine wirklichen Hände, *meine Hände halt,* die richtigen, zu mir gehörenden, mit den kleinen patschigen Kinderfingern und nicht fremde Pranken, in Offiziershandschuhen gesteckt, oder mit Vorderlader bewaffnet!)

"WRIGLEY'S SPEARMINT CHEWING GUM"

Westware. Moment mal, Kaugummi? Ich konnte noch kein

Englisch, aber der Pfefferminzgeruch sprach ja für sich. Mit einem letzten Aufbäumen blitzten die Trauminhalte noch einmal durch mein Kurzzeitgedächtnis: - die zerstörten Häuserfassaden, der lange, kräftezehrende Marsch durch Eis und Schnee, die vielen, nach vorne fallenden Männer mit den Fellmützen auf…; - dann wurde es schwieriger und schwieriger, sich darauf zu besinnen. Während ich das Papier aufdröselte, warf ich knatschig ein:

„Na, danke. Schade, dass ich Pfefferminze nicht ausstehen kann! Und wie soll so'n bissl Naschi vor Alpträumen schützen?"

Sich provokativ ein Erdbeerbonbon in den Mund stopfend, konterte Willi schmatzend:

„Hey, so zeigst du deine Dankbarkeit? Lass mich halt erst amol ausreden! Isch weeß wirklisch net, wieso des funktioniert, ober wenn du nur jeden Tag fleißig zweie, dreie von de Dinger kaust, und se och nunterschluckst, net vergessen, denn hörst du komplett auf zu träumen! Ehrlich jetze! So bin isch meene nächtlichen Gruselkabinette och losgeworden! Es is, als wärst du een Buch, wos einfach am Abend zugeklappt wird und am Morgen wieder aufgeschlagen"

Stirnrunzelnd fing ich an, darauf herumzukauen. Sollte ich gerade wirklich etwas aus dem Leben meiner Vorfahren geträumt haben?! Aus ihrem Blickwinkel? Aber wie soll sie denn in meinen Schädel hineingekommen sein, die fremde Erfahrung? Einzelheiten ließen sich bei aller Anstrengung nicht mehr zu Tage fördern…

Nie, nie wieder sollten die Geister an mein Bett treten und mir zeigen, woher meine Angst kam! NIE, NIE WIEDER!

Diese stillschweigende Unantastbarkeit der Vergangenheit, auf die wir als Kinder der Fünfziger Jahre stießen! Was sich da auch immer an Ungeheuerlichem abgespielt haben musste, unsere Eltern waren nicht darauf aus, es vor uns zu thematisieren.

Auf dem Weg zur Schule starrten die Nachbarskinder uns verhohlen an. Verrenkte Köpfe, tuschelnde Fratzen, die ihre lokale Gerüchteküche durchrührten.

„Was haben die denn?", fragte ich überfordert meinen großen Bruder. Ich verstand nicht, warum wir auf einmal eine so große Attraktion darstellten. Hatte es mit den Männern mit Hüten in den grauen Mänteln zu tun, die letztens bei uns geklingelt hatten, um unserer Mutter Fragen zu unserem Vati zu stellen?

„Schon gut! Wir zwee Hübschen sind wohl die eenzige Unterhaltung für die Knallköppe hier am Arsch der Welt!"

Irgendwelche Fünftklässler von der anderen Straßenseite zeigten mit den Fingern auf uns und höhnten:

„Oh, schau mol eener an, he! De Ahnert-Bengels! Nu, wie geht es eurem Papa, is er scho in Hohenschönhausen, die alde Nazi-Drecksau?"

„Verpisst euch!", schrie ich. Wilhelm warf stinksauer einen Stein, das Ziel duckte sich. Lachend gingen sie weiter…

„Wo liegt denn dieses Hochschönenhausen? Und was will denn der Papa da?", fragte ich verunsichert in das zornesrote Gesicht meines Bruders. Wilhelm schluckte, sah mit bitterlichem Gesichtsausdruck auf den Boden, überlegte kurz und erklärte:

„Das ist in Berlin, so'n riesiges Stasi-Gefängnis… mach dir nichts draus, das sind nur Gerüchte, und dass Muddern meinte, man hätte was übern Vati rausgefunden, muss auch nix heißen!"

„Joa, aber haben deren Vatis nicht och früher alle den verbotenen Gruß gemacht?", fragte ich unschlüssig.

Wilhelm blieb stehen und sah mir in die Augen, die rechte Augenbraue hochgezogen:

„Du weeßt schon, das unser Vater net einfach nur een eenfacher Soldat war, oder?"

Es war ein wunderbarer und sonniger Samstag, und mir war nach einem Spaziergang zu unserem Schrebergarten gewesen. Ich wurde an einem Spalt breit geöffneten Gatter von einem bellenden Heino begrüßt, und fragte mich kurz überrascht, wer dort residierte. War der Vati etwa schon früher ins Wochenende gegangen? Hatte ich heute etwas Zeit mit ihm?

Da saß er, in einem Liegestuhl, das Kofferradio neben sich gestellt…:

> *„Weeeeenn duuuuuuu in meinen Träumen*
> *beeeeeeeei miiiiiiiir biiihiiihiiist,*
> *träum ich von jenen Stunden,*
> *die man nie mehr vergiiiiiiiiiiiisst…“*

Er sang deutlich angeschwipst mit. Bestimmt war er tierisch erfreut, dass sein Lieblingslied im Rundfunk lief. Dieses Lied von Rudi Schuricke, waren gemeinsam mit „Heimat, deine Sterne“ und „Das letzte Hemd hat keine Taschen“ von Hans Albers seine absoluten Favoriten. Er lächelte ein wenig ertappt, als ich barfuß über den Rasen auf ihn zuging, und fing in Vorfreude auf die Konversation mit seinem Sohnemann an, sich eine Pfeife zu stopfen. Mit funkelnden Augen musterte er mich und durchschaute sofort, dass irgendetwas nicht stimmen konnte. *Wie gern hätten wir ihn so in Erinnerung behalten.* Er beugte sich vor, und sprach fürsorglich mit seiner kehligen, tiefen Stimme:

„Was gibt's mein Sohnemann!? Die Sonne scheint, die Vögel zwitschern, und du schlurfst hier rum, als würde die Welt untergehen!“

„Du, Papa?", begann ich mit leiser Stimme…

„Jahaaa?", fragte er erwartungsvoll und mit diesem kommunikativen und interessierten Gesichtsausdruck, mit dem er seiner Familie immer weniger begegnen konnte. Die Korrelation der Augenbrauen war ein am Modell erlernter Signalwert zur Messung der schwer einschätzbaren Laune dieses Mannes geworden. Während ich auf die gleichauf und frohmutig zustimmenden Augenbrauen linste, und dann wieder zum Boden, fiel mir ein, dass Muttern mir ja verboten hatte, ihn darauf anzusprechen…

„Du, Va…Va… Vati…", stotterte ich, „… wie war das denn damals… damals im Krieg?"

Als hätte die Frage die Welt aus den Angeln gehoben, kam es mir so vor, als ob ich nicht mehr auf derselben Terrasse stand, so bedrückend wirkte die Situation. Mein Vater hatte sich zurückgelehnt, den verblüfften und ungläubig hochgeschnellten Augenbrauen nach hatte es ihn wohl aus dem Gleichgewicht gebracht. Zögerlich starrte er auf seine Hand, dann glich seine Mimik der einer Person, der eine wirklich schlimme Sache wieder einfiel…

„Och, Maxe! Das ist doch… das ist doch jetzt echt…", stammelte er, wie jemand, der um Worte rang, wenn man ihn mit einer verdrängten Aufgabe konfrontierte. Er versuchte, mir in die Augen zu sehen, aber es gelang ihm nicht.

„Mein Junge, Mensch… Maximilian…", begann er, „das ist doch nichts für kleene Kinderohren!" Mit sich verdüsternder Miene fuhr er fort: „Überhaupt, was soll dir kleenen Knirps das denn bringen, eine Vorstellung, wie es war…? Es ist Frieden, Kleiner! Sei doch froh drüber!"

Während er sich umsah, auf welcher Seite des Stuhls die halbleere Weinflasche stand, wich jegliches Seelenleben aus seinem Antlitz. Einem eher gierig gestressten als genießerischen Schluck später sah er mich einigermaßen gefasst an, und murrte:

„Es fällt mir bei Gott kein Grund ein, was sowas meinen Sohn angeht! Schau doch einmal, die Sonnenstrahlen, wie sie jedes Tier und jeden Menschen, egal welchen Alters oder Herkunft, gleich barmherzig bescheint! Was weißt du schon, und was juckt es dich überhaupt, wie kalt es in der Hölle werden kann! Und wozu Menschen fähig sind… warte kurz!"

Fassungslos sah ich ihm dabei zu, wie er in seiner Hosentasche kramte. *Holte er jetzt sein eisernes Kreuz heraus und erzählte seine Heldengeschichten aus Russland, wie die anderen Vatis?*

„Hier!", raunte er in einem Tonfall, als habe er ein Problem gelöst. Lässig schnipste er mir etwas zu, verdutzt hob ich es auf, nachdem ich meiner danach greifenden Hand nachgesehen hatte zu der Stelle in den Grashalmen, wo es hingefallen war. Ungläubig sah ich von der 1-Mark-Münze zu seinem Gesicht, welches zynisch schlussfolgerte:

„Wie wäre es, wenn du und dein Bruder mal in die neue Eisdiele am Marktplatz reinspaziert, und du herausfindest, wie das Erdbeer-Eis dort schmeckt? Du mochtest doch Erdbeer-Eis am liebsten, oder?"

Irgendwie entschärfte das diese zutiefst unangenehme Situation. Was hätte ich schon einwenden sollen, bei meinem schon langzeitig gehegten Verlangen nach einer schmackhaften Eiskugel? Doch trotzdem wollte ich es in der allerleckersten und gewohnten Form verspeisen! Also fragte ich hoffnungsvoll:

„Kommst du denn dieses Mal och mit? In dem neuen Laden waren wir ja überhaupt noch net zusammen!"

Tief seufzend entgegnete er, während er resignativ die nächste Flasche entkorkte:

„Neee, dor Vati is viel, viel zu erschöpft von der Arbeit. Vielleicht jo nächstes Mal wieder…"

„Nagut.", resignierte ich traurig und mit einem enttäuschten Achselzucken. Ich drehte mich beim Weggehen noch einmal um. Hinter dem Gartenzaun verriet ein Schulterblick, dass sich dieser Mann voller Reue und Selbstmitleid verfluchte, weil er aus einem ganz anderen Grund nicht mitgehen konnte…

Es war bis dahin ein ganz gewöhnlicher Donnerstag innerhalb einer fast ganz normalen Kindheit gewesen. Doch als ich nach Hause radelte und in unsere Straße einbog, sah ich einen Krankenwagen vor unserem Haus stehen. Schaulustige Nachbarn hatten sich auf der Straße versammelt. Als die ältere Frau Senftl mich am Nachbarshaus vorbeistrampeln sah, sah sie mich nur mitleidig an, und schaute betreten und kopfschüttelnd zum Boden. Ich hielt an, lehnte meinen Drahtesel an einen Lattenzaun, und ging diagonal unter den Wäscheleinen auf unser Zuhause zu. Irgendetwas war hier los! Mir zog sich der Magen zusammen. *Häh? Oh!* Da war Muttern! Aber sie wurde von Leuten umringt, eine Freundin hielt sie in den Armen und sie war am Weinen und Kreischen. Neben ihr mein kreidebleicher großer Bruder Wilhelm, der ausdruckslos vor sich hinstarrte, während Herr Schramm, unser direkter Nachbar auf unserer Etage, vor ihm kniete, mit den Händen auf Willis Schultern, und ihm wohl irgendwie beruhigende Sachen und einfühlende Worte zukommen ließ. Aber warum?

Plötzlich löste sich Ursula, ein sechzehnjähriges Nachbarstöchterlein mit langen Zöpfen und einem leichten Pferdegebiss, welches früher öfter auf mich aufgepasst hatte, aus der Traube, als sie mich eintrudeln sah. Sie kam besorgt auf mich zu gelaufen, und rief verschreckt:

„Halt! Maxi! Nicht weiterlaufen! Bleib da erst einmal stehen!“

Ja, aber? Wieso? Was war hier gerade los? Nun stand sie vor mir, drehte sich mit wedelnden Zöpfen um, angespannt zum Haus blickend, und sagte schnaufend, außer Puste:

„Maxe, mein Lieber, wir gehen erstmal ein Stück spazieren, wir zwei! Lass uns erstmal ne kleine Runde drehen, es ist besser für dich, wenn du es nicht…;"

„Was ist denn los, was sollen die Sanitäter hier? Ist jemand im Haus krank?", fragte ich besorgt.

„Nein, also doch, aber, hey… Maximilian… glaub mir, es ist wirklich besser, wenn wir erstmal ein Stück gehen, komm mit"

Sie drehte mich um und legte den Arm um meine Schultern, und bugsierte mich weg vom Ort des Geschehens. Aufgebracht versuchte ich herumzuwirbeln, mich aus ihren Armen zu befreien und quengelte:

„Hey, was soll'n das jetzte!? Man, meine Güte! Ursel! Ich will nu endlich wissen, was los ist!" Mich mit einem unfassbar mulmigen Gefühl umdrehend, fragte ich geschockt:

„Und wo… und wo ist überhaupt der Papa? Den habe ich hier nirgendswo gesehen? Weil… der war doch bestimmt och zuhause!? Oder? Denn der war ja schon seit Wochen net mehr auf Arbeit, und seit een paar Tagen ist er ja überhaupt gornimmer aus'm Bett aufgestanden!?"

Wir waren stehengeblieben, und sie sah mich ganz still an, mit Tränen in den Augen. Dann erzählte sie leise, mit bebender Stimme:

„Es gab einen Unfall, Maximilian. Du musst jetzt ganz

stark sein…“

Unfall? Ja, aber…? Wer denn und wo war mein Papa?
Irgendeine grausige, undefinierbare Ahnung kochte in
mir hoch… das durfte jetzt wirklich nicht wahr sein!

„Komm jetzt!“, rief sie gehetzt. Doch dann:

Die Tür zum Treppenhaus ging auf, und das Schreien
und der Heulkrampf meiner Mutter verdreifachten ihre
Intensität und Lautstärke. Ich löste mich aus ihrer
Umklammerung, und wandte den Kopf, während Ursula
laut schrie:

„NEIN MAXI, NICHT HINSEHEN, ICH BITTE
DICH, KOMM JETZT!... ;"

Zwei Leute trugen eine Krankentrage oder Bahre oder
sowas heraus, während ein dritter Sanitäter die Tür
aufhielt. Wer genau sich etwas wehgetan hatte, konnte ich
aus der Entfernung nicht sehen. Aber der Person muss
sehr kalt gewesen sein, denn man hatte sie mit einem
weißen Tuch bis über den Kopf zugedeckt…

Die gesamten nächsten Jahre tappte ich im Dunkeln, wo mein Vater… letztendlich hin verschwunden war, und was es mit dem „Unfall" auf sich hatte. Es folgten mehrere Umzüge zu Verwandten, wovon der erste der wohl aufwendigste war:

Die Anspannung im Auto, als Mutter den Grenzbeamten die Papiere hinhielt, würde ich auch erst viele Jahre später begreifen. Wir hatten Glück, denn ein wirkliches Lächeln von einem täuschend echten, falschen Lächeln zu unterscheiden, dies konnten nur ihre Söhne, NVA-Grenzbeamte zum Glück nicht. Bayern war anscheinend ein anderes Deutschland. Wie im Traum verlebte ich die nächsten Schuljahre, bis es uns auf Umwegen dann ans andere Ende der Bundesrepublik, dieses anderen Deutschlands verschlug, zu einer ungewohnten und alsbald verhassten Meeresluft…

Zweites Kapitel

Mit der Verdopplung an Lebenszeit und einer weiteren Jahresumdrehung fühlte sich der Tag, der mit sechs Jahren noch eine gefühlte *Ewigkeit* gewährt hatte, sehr viel weniger *ewiglich* an… Das *Tick-Tack* der Uhr zerschnitt nun schon über die Hälfte der Existenz den Strom der Zeit in winzig kleine Stückchen, die sich zu kleinen Häppchen aufaddierten, zu Minuten, welche sich wiederum zur Maßeinheit der Stunde zusammenfügten! Wie viel weniger blieb doch bereits von einem Jahr übrig! Ein Sechstel war im Verhältnis eben etwas anderes als ein Dreizehntel. Zumindest begriff mein in den letzten Zügen der Kindheit steckende Bewusstsein, dass die Zeit, bis die Tage endgültig gezählt waren, eben doch nicht unendlich sein würde:

Hormonell kündigte sich die Pubertät bereits überaus deutlich an. Wie Pilze aus dem Boden schossen, wucherte Akne quer über meine Visage, *der ich schon vorher wirklich nicht viel abgewinnen konnte*. Vorgestern war dann ein richtiger… *Vulkan* auf meiner Nase aufgetaucht.

Haare wuchsen an Stellen, die ich nicht für möglich gehalten hätte! Am Pillermann, auf Brust und Rücken, Beinen, Armen, Achseln und selbst mitten in meiner Fresse! Unter meinem Riechkolben war neuerdings so ein spärlicher Flaum aufgetaucht… *es sah soooo furchtbar scheiße aus!*

Zwei Gründe, warum bei mir heute wieder die ersten beiden Stunden ausgefallen waren. Ich hasste diese neue Schule; - überhaupt konnte ich der Hansestadt Hamburg mit ihrem Wind, dem Möwengeschrei und dem Schiffshörnergetute nicht viel abgewinnen. Die salzige Luft und der Geruch von Matjes und Hering, der von den Fischmärkten herüberwehte, ach, wer die Berge vermisste, dem war dies alles eine einzige Ermahnung daran, am falschen Fleckchen Erde zu sein.

Natürlich glichen sich auch hier viele Dinge. So fuhren auch wie in unserer Heimat Panzer mit einem Stern darauf herum. Auch dies seien Soldaten, so Wilhelm, die unser Land „befreit", beziehungsweise besiegt hätten, bloß dass sie eben Englisch sprechen würden.

Ein wenig mussten wir uns schon die Augen reiben! Diese blinkende, von Automobilen durchdrungene, den kleinen Menschen verschlingende Metropole! Wie verloren und verschluckt wirkten unsere dürren Ärmchen und Beinchen in den Häuserschluchten, wo in der der Beschaulichkeit des dörflichen Lebens doch das Straßenüberqueren einer Katze schon ein Ereignis darstellte… hier erwuchs eine verstädterte Blasiertheit in der allgemeinen Reizüberflutung des Großstadtdschungels. *Normalerweise…* normalerweise wäre mir der graue Pullover unseres Erdkundelehrers aufgefallen:

„Was soll das werden, Ahnert! Der Unterricht fängt in zwei Minuten an! Was machen Sie noch hier unten!?"

„Mir war schlecht, Hr. Faulkner! War auf der Toilette! Aber jetzt… *husthust** … geht es wieder…ähm... bin so gut wie da.", log ich mehr schlecht als recht.

Er rückte ungläubig seine Brille zurecht und musterte mich abschätzig von Kopf bis Fuß. (nie im Leben kaufte er mir die Notlüge ab…) Dann jedoch umklammerte er nervös seine Lehrertasche und murrte:

„Soso, soso… na denn, hopphopp! Zappzarapp! Hepphepp! Nimm die Beine in die Hand! Ick muss noch wat holen!“

Mir war schon klar, was da noch fehlte! In seiner Thermoflasche durfte ein kräftiger Schluck Rum nicht fehlen. Oft schon war mir beim Zuspätkommen das hektische Umhersehen seinerseits auf dem Parkplatz aufgefallen, und dass nach einem ihm das Gesicht verziehenden Schluck auch der Pfefferminztee mit dem Hartstoff angereichert wurde…

„Jawoll, Hr. Faulkner!“, antwortete ich gehorsam, und machte auf der Stelle kehrt. Bedächtig erklomm ich die Treppenstufen, und schlich über die Fliesen des Korridors. Nichts an Geräuschen sollte diesen Raubtieren von Mitschülern mein Kommen verraten. *Da war sie.* Die Tür zu dem Raum, der halbtägliche Schikane, stundenlange Hänselei und manche Ohrfeige versprach. *Blöde Drecksbälger…*

Kindergeturne, Geschwafel, Gelächter, Gegacker und Ballgeräusche drangen gedämpft aus dem Inneren hervor… - zitternd hob ich meine Hand in Richtung Türklinke… - Schweiß rann Stirn und Rücken herunter… - Zähne wurden zusammengebissen… doch die neuromuskulären Endplatten meines Armes wollten dem Befehl der Zentrale einfach keine Folge leisten! Ein, zwei Momente verharrte ich noch in der Schwebe, wie mit dem Kopf auf dem Schafott, und meinte schon mitbekommen zu haben, wie der Henker bereits ausholte… bis plötzlich hallende Schritte Hr. Faulkners Erscheinen ankündigten!

So leise es ging, öffnete ich die Tür, dem lärmenden Mob entging meine Ankunft zuallererst… doch dann:

Ein Junge in einem gestreiften Oberteil zeigte mit dem Finger auf mich und brüllte sofort:

„DA!!! DA IST KACKSIMILIAN!!!"

„Pfuiii Deibel! … wo ist meine Nasenklammer!?", höhnte sein Nebenmann.

„Ich wusste, ich hab' irgendwie Scheiße gerochen!", spottete ein anderer.

„*Bäh, hier stinkts!*", bemerkte ein besonders Kreativer.

Ein Fußball prallte gegen meinen Kopf. Radiergummis folgten seiner Flugbahn. Der Erfahrung nach versuchte man einfach, eine möglichst kleine Zielscheibe abzugeben.

Bastian, ein korpulenter Junge, der in der Grundschule noch mein Freund gewesen war, schubste mich wütend von der Seite und tat daraufhin so, als hätte er aus Versehen in Hundekacke gefasst und stänkerte:

„Kacksi! Kacksi! *KACKSI! KACKSI! KACKSI!* Du laufende Kackwurst! Da hat wohl einer nicht richtig gespült, wa?"

Unbeeindruckt schritt ich weiter auf meinen Sitzplatz zu. Da versperrte mir Anton, das Alphatier der Klassengemeinschaft breitbeinig den Weg und holte mit der Hand aus:

„Fünf Backpfeifen beträgt der Zoll mindestens! Na, komm her, na los!"

Nun spürte ich wirklich schon den heransausenden Wind einer scharfrichterlichen Verurteilung! Ich drehte den Kopf zur Seite und schloss die Augen hinter meinen Händen, doch dann:

„WAS IST DAS DENN HIER FÜR EIN TOHUWABOHU!? SOFORT ALLE AUF EURE PLÄTZE!"

Herr Faulkner kam deutlich rotwangig durch die Tür und rettete mich… für die nächsten fünfundvierzig Minuten jedenfalls. In Antons hassblitzenden Augen und seinem fiesen Grinsen sah ich, dass das Berappen des Einfuhrzolls damit nur vertagt war.

*Dingdong**

… machte es fünfundvierzig Minuten später!

*Klick-Quiiiiiietsch-Paduff**

… machte die Tür!

… und schließlich machte es:

*Klatsch-Klatsch-Klatsch-Klatsch-KLATSCH**

Der Wunsch, es ihnen heimzuzahlen, wuchs von Tag zu Tag. Innerlich ergötzte ich mich an Mordfantasien und den allerexotischsten Hinrichtungsmethoden. Nicht einmal das finsterste Mittelalter schien mir im Geiste genüge zu tragen… *nein, ganz neue Foltermethoden müsste man erfinden!*

Anton an eine Windmühle binden, bis das abwechselnd in den Kopf und in die Extremitäten schießende Blut schließlich bei ausreichend Wind seine Hirnschlagadern zum Platzen brächte?!

Bastian, diesen Mitläufer an einen Lastwagen binden und solange hinterhertraben lassen, bis er vornüberfiel, und der Asphalt sein Gesicht wie Schleifpapier von dem Schädelknochen schleifen würde? Chlorgas, dass die gesamte Klasse wie Unkraut vernichten würde? Hab mal gehört, die Japaner hätten Bambus, der ja am Tag immerhin seine stolzen dreißig Zentimeter in die Höhe schnellte, durch am Boden gefesselte Kriegsgefangene… hindurchwachsen lassen? War dies in mehrjähriger Prozedur vielleicht auch mit Kakteen möglich?

Träume blieben Schäume. Bis zum nächsten Umzug konnte ich nichts weiter tun, als mich zu ducken, Umwege zu gehen und möglichst viele Schulstunden zu schwänzen…

„Und dann diesmal von der *Subdominante* zur *Dominante* zurück, hier… im fünften Bund!", verriet mir Willi leicht lallend die letzte Zutat im Rezept des Zwölftaktblues-Schemas.

Als ich den letzten Ton anschlug, fiel der Groschen. Vom Notenblatt aufschauend, sagte ich verblüfft und wie in ein uraltes schamanisches Mysterium eingeweiht:

„Wow, von oben betrachtet, sieht das ja echt von der Anordnung her aus wie… ein aristotelisches Drama. Hier, in drei Akten, haha!"

Ich zeigte auf den Höhepunkt des Spannungsbogens und erwartete irgendwie, dass meinem älteren Bruder mein Scharfsinn imponieren würde. Doch er nickte nur stirnrunzelnd und wischte sie mit einer Handbewegung weg, meine mir in diesem Moment so brachial erscheinende kunsttheoretische Initiationserfahrung, und palaverte:

„Wat für'n Ding!? Ja, kann schon sein, Mann, keine Ahnung! Pass gut auf die alte Dame, ja!? Und sie möchte echt wirklich nur mit feinsten Blues oder derbsten Rock'n'Roll bedient werden! *Ist das klar?"*

Er riss mir das Instrument aus der Hand, sprang wie von Sinnen aufs Sofa und solierte ein fetziges Gedudel zurecht. Er schwang die Hüften wie Elvis und spielte „That's alright, Mama", aber in was für einer wahnwitzigen Geschwindigkeit! Heino begann zu knurren und ihn anzukläffen, bellte laut los, als Willi in Ekstase einen Kerzenständer umschmiss. Mutter setzte der dionysischen Selbstentrückung dann ein jähes Ende, als sie ins Wohnzimmer platzte und losschimpfte:

„WAS SOLL DENN DIESER KRACH!? HAST DU MAL AN DIE NACHBARN GEDACHT? SAG MAL, SPINNST DU?"

Willi sprang über den Tisch vor den bellenden Heino und unsere Mutter und brüllte nun:

„WEEEEEEEELL, THAT'S ALRIGHT, MAMA! THAAAT'S AAAAAAAAAALRIGHT WITH YOU! THAAAAAAAAAAAAAAAT'S ALRIGHT, MAMA! AAAAAAAAAAAAAAANYWAY YOU DOOOO...!"

Sie griff ihm in die Seiten. Er protestierte, doch schließlich entriss sie ihm mein gerade frisch erworbenes Instrument, die alte Klampfe, die ich meinem Bruder für lang und durch steten Verzicht auf Süßigkeiten zusammengesparte zwanzig Mark abkaufen wollte, und rief außer sich:

„Die wandert jetzt erstmol für een paar Wochen auf den Dachboden, das olle Mistding!"

„Neen, Mutter, das ist so ungerecht, isch hob se... isch habe sie en Willi doch gerade erst abgekoft!", klagte ich verraten und verkauft. Wilhelm steckte lachend den Zehnmarkschein und das viele Kleingeld ein und lief an der genervt durch den Flur stampfenden Mutter vorbei, überholte sie und nahm hüpfend mehrere Treppenstufen auf einmal hinab durch das Treppenhaus, um meine ganzen Ersparnisse eines halben Jahres nun an einem einzigen Nachmittag zu verpulvern...

Drittes Kapitel

Zwei Jahre später im windigen Schleswig-Holstein erging es mir nicht wirklich anders in der Schule. Die Pickel und der mitleiderweckende Flaum von einem Schnurbart waren kräftigem Bartwuchs gewichen, zu Koteletten geformt, gab er mir ein Gefühl von Maskulinität zusammen mit dem tiefen Grollen der Stimme, das sich innerhalb kurzer Zeit aus meinem kindlichen Gefiepe entwickelt hatte.

Doch auch hier konnte mich niemand so richtig leiden. Ob es an meiner antisozialen Ader lag? Ob es daran lag, Ballspiel oder die unnützen Diskussionen darüber, welche der jungen Frauenzimmer auf unserer Schule jetzt nun die Schönste war, uninteressant zu finden? (über Geschmack ließ sich ja schließlich bekanntlich streiten.) Wieviel mehr bot da das Vergraben der eigenen Nase in ein Geschichtsbuch! Lag es vielleicht daran, dass der Deutschlehrerin missfiel, dass ich sagte, man könnte die Benrather Linie, die das Mittelhochdeutsche vom nedderdütschen Sprachraum trennte, noch viel weiter zeichnen, würde sie auch noch durch die DDR verlaufen? Ganz zu schweigen, man wusste, wo Deutschlands wahrer Osten lag? Wie lang sie wohl wäre, würde man sie ganz zu Ende zeichnen?

Die Gewalt war hier sehr viel mehr nonverbaler Natur. Obgleich kicherndes Getuschel oder das plötzliche Stillwerden nach Betreten des Raumes keine Beulen oder Kratzer auf der Haut hinterließ, zeigte es Spuren, zeichnete Risse und Furchen ins Selbst. Und gerade deshalb, weil mein Fortpflanzungstrieb gerade erst erwacht war, schmerzte es umso mehr, die Gemeinheiten aus dem Munde eines hübschen Mädchens zu hören.

„Hey, Max! Hat dir Vollidiot keiner gesagt, dass Mathe ausfällt?", sagte Gabi angeekelt und klimperte ungläubig mit ihren Wimpern. Ihre Freundin, eine ebenso drall geschminkte Furie, knüpfte daran an:

„Ja, ne… ist doch klar! Eh, wer redet denn auch schon mit *dem?* Wette, er hat in ganz Deutschland nicht einen einzigen Freund!"

„Klar, wer will auch mit so einem Irren etwas zu tun haben?!", geiferte die beleibte Corinna zähnebleckend.

Die Glut des gestrigen Zorns war in mir noch am Glimmen. Generell glich mein Innenleben einem explosiven Gemisch, man musste nur kurz Feuer dranhalten:

„Alles klar, Ladies. Versteh schon. Ich lass euch denn mal in Ruhe weitermenstruieren!", fuhr ich sie genervt an, und schlug mit voller Wucht die Tür zu, mich von ihren ungläubigen und empörten Gesichtern wergdrehend.

Scheiß Zippen! … von wegen! Ich meine, in den ersten beiden Bundesländern, Sachsen und Bayern war ich halbwegs beliebt! Hektisch und geladen schritt ich den hallenden Korridor entlang, einer dieser namenlosen Schulflure, ein austauschbares Gebäude mit völlig auswechselbaren Räumen, Gängen und Menschen. War man einmal durch so einen Verdauungstrakt hindurchgepresst worden, kannte man sie alle.

Aber recht hatten sie. Keine einzige Menschenseele, die ich Freund nennen durfte, hier, in diesem vermaledeiten Norddeutschland!

Dass sich dies in wenigen Minuten ändern würde, in weniger als einer Viertelstunde, das konnte ich ja nicht ahnen...

Ich war ungefähr auf Höhe des Erdgeschosses, als am Geländer vorbei eine schwarze, zerfledderte Lederjacke vorbeisegelte. Kurz danach klatschte ein Schulranzen auf, aus dessen flatternder Luke und zwischen den herumwirbelnden Trägern jede Menge lose Zettel und Schullektüre herausgeschleudert wurden. Während die Bücher knallend und bollernd aufschlugen, segelten die Zettel grazil und Federn gleich, hin und herschaukelnd, geräuschlos dem Boden entgegen. Gelächter und Gegröle vom Treppengeländer des dritten Stockes. Lausbuben reckten ihre Fäuste in die Höhe, klatschten, jubelten, bis schließlich das entnervte Rufen eines Erwachsenen die Meute veranlasste, prustend vor Lachen und mit der Hand vor dem Mund die Köpfe zu drehen, und sich davonzumachen: Natürlich nicht, ohne ihrem Opfer noch ein paar gehörige Nackenschellen zu verpassen, und es zum Geländer zu schubsen. Übrig blieb also nur ein keuchendes, feuerrotes Gesicht, das schnaubend zu seinem Hab und Gut herunteräugte.

Nachdem ich noch eine Ausgabe von Friedrich Schillers „Die Räuber" von den Treppenstufen aufgelesen hatte, sammelte ich noch ein paar Buntstifte auf, und sah unsicher zum Treppenhaus hinauf. Öhm... sollte ich vielleicht... ähm... zögerlich hob ich noch mehr von seinem Kram auf, bis er schließlich mit knallroter Birne und völlig aus der Puste vor mir stand:

Obwohl eine Jahrgangsstufe unter mir, war er größer und kräftiger gebaut, gleichwohl er definitiv jünger sein müsste, denn die endokrinologische Metamorphose seines pubertierenden Körpers hatte wohl gerade erst damit angefangen, seine Visage mit Pickeln und Mitessern zu überziehen... Sein Gesicht hatte hohe

Wangenknochen, und er hatte Mühe, seinen spärlichen Bartwuchs zu so etwas wie Koteletten zu formen. Also nichts im Gegensatz zu meinen Tannenbäumen! Die mit viel, sehr viel Pomade frisierte blonde Elvis-Tolle hatte vor dem Überfall seiner Klassenkameraden sicher besser ausgesehen. Unsicher und skeptisch blickte er mich an, sah dann auf die Stifte, Schiller und die anderen Zettel und murrte:

„Wat soll das? *Gib das sofort wieder her!*"

„Ruhig Blut!", wollte ich ihn beruhigen. „Ich wollte dir nur helfen, es aufzuheben."

Ich händigte ihm sein Zeug aus, er ließ es irritiert in den Ranzen gleiten, während er mich stirnrunzelnd und verblüfft im Auge behielt, und den Rest aufsammelte. Die Arme in die Hüfte stemmend, begann ich:

„Miese Drecksbälger. Mach dir nichts daraus. Die sind nur… in der Gruppe stark!"

Die fehlende Feindschaft meinerseits lockerte seinen angespannten Gesichtsausdruck, dann jedoch strahlte wieder Wildheit aus seinen Augen, als er zugab:

„Dat kannste laut sagen! Ick… also, manchmal, nech, da würde ich mir gern mal een von de Doofköppe aufm Nachhauseweg krall'n!"

Seine Lederjacke ausschüttelnd, begann er zu prahlen:

„Ick sech mol so, nech, also eigentlich bin ick Boxer, und könnt mich… wehren. Aber diese dürren Heringe… ach komm! Dat is überhaupt nech meine Gewichtsklasse, kloar?“

Was für eine widersinnige Aussage! Hätte ich in all diesen Jahren irgendeine Kampfkunst beherrscht, hätte ich meine Peiniger allesamt krankenhausreif geprügelt.

Ich fragte irritiert:

„Nu joa… worum tust du se denn net amol ordentlisch verdreschen!?“

Er schien nach einer Formulierung für ein bestimmtes Glaubenssystem, oder seine Weltanschauung zu suchen, guckte nach oben, zuckte mit den Achseln und sagte kurz und knapp:

„Dat würde ich ja sooo gern, aber…aber…“

„Aber? – der Klügere gibt nach?“, lenkte ich ein.

„Genau, ich bin im Grunde Pazifist!“, gab er zu. Erst jetzt fiel mir auf, was für merkwürdig knallrote Augen er eigentlich hatte, aus was für klitzekleinen roten Klüsen er mich da eigentlich abschätzte…

„Ich im Grunde auch, japp.“, schloss ich mich an. Dann bemächtigte sich ein saudummes Grinsen seiner Mimik, er kramte aus der vergilbten und löchrigen Lederjacke etwas hervor, hielt urplötzlich eine Art selbstgedrehte Zigarette in den Händen, und flüsterte verschwörerisch, hinter vorgehaltener Hand:

„Wat is, sollen wir eenen durchziehn? Ordentlich een rin smoken,

Perplex starrte ich erst auf seine Hand, dann in seine auffordernden Augen. Das Zeug roch wie mein großer Bruder, wenn er von der Bandprobe kam. Dann lachte ich heiter und sagte mit erweckter Neugierde:

„Klar, wieso nicht!"

Auf dem Sportplatz hinter dem Geräteschuppen lag ein anderer Junge aus einer Parallelklasse von mir, schnarchend und mit offenem Mund auf einer Auswechselbank.

Meine neue Bekanntschaft, welche sich als Niklas vorgestellt hatte, schüttelte kräftig an den Schultern des in Cordhose und Pullunder gehüllten Mitschülers, und rief in einem Tonfall, als ob das Ganze ein Überfall wäre:

„Los, Bolle aufstehen, Jetzt wird *gekifft!* Und ich muss dir wen vorstellen!"

Wie bei einem aufpeitschenden Seil ging eine Schlangenbewegung durch seinen baumlangen Körper, er drehte sich auf die Seite, setzte sich auf, die noch verschlafenen Augen reibend, gähnte er, bis plötzlich seine Mundwinkel von Verwirrung zeugten, und er ungläubig fragte:

„Was soll denn das werden? Hey, unser *Geheimversteck* soll *geheim* bleiben, wie der Name schon sagt! Es ist unser Hauptquartier, unser Zentralbunker zum Schutz vor den Schergen der Bildungsanstalt!"

Wie ein Moderator machte Niklas eine ausladende Bewegung und verkündete:

„Das hier ist der junge Herr Maximilian Ahnert, in Stadt und Land bekannt unter dem Spottnamen: „*Kacksimilian*", seines Zeichens selbst Ausgegrenzter wie du und ich, und als solcher ein Anwärter auf einen Mitgliedsstatus in unserer Loge!"

Sich ein Grinsen über die verhöhnende Modifikation meines Vornamens nur mühsam verkneifend, reichte er mir die Hand und grinste schelmisch. Ich reichte ihm meine verlegen und nuschelte:

„Hallo, ich bin der Maxi.“

„Sehr erfreut, Bolle mein Name. Einfach nur Bolle.“

 Niklas runzelte die Stirn und korrigierte schadenfroh:

„Nicht so schüchtern, wer wird sich seiner blaublütigen Abstammung denn so schämen! Gehst du denn damit nicht so gern hausieren, oder was? Nein, unser durchlauchter Friedrich Benedikt zu Ohlstein? Oder missfällt es ihnen, unserer Majestät, in Verbindung zu ihrem wohlbekannten alten Herrn Prof. Dr. Ohlstein gebracht zu werden? Der ja längst wieder Leiter der städtischen Nervenheilanstalt geworden ist…“

„Lass das!“, nörgelte Bolle genervt.

„…obwohl der Papa ein strammer SS-Mann der Reichsärztekammer gewesen ist, nicht wahr? Hat für den *Volkskörper* höchstpersönlich dutzende Samen- und Eileiter durchgeschnippelt, nicht wahr, unser Papa, der Herr Professor?“

Bolle, dessen richtiger Name wohl Friedrich war, wies den Vorwurf wie als überholt geltend winkend von sich und konterte.

„Alles nur Mutmaßungen! Mein Vater hat immer im Sinne des Patienten gehandelt!“

Dabei schien er wohl angestrengt nicht an Ortsnamen wie Neuengamme, Dachau oder Treblinka zu denken. Schließlich streckte er seine Brust heraus, nahm Haltung an und wies Niklas in einem scherzhaft arroganten Unterton zurecht:

„Mein Stammbaum ist astrein. Kannst du gerne bis ins drölfzehnte Jahrhundert nachprüfen... also deinen Wangenknochen nach, und der fliehenden Stirn, da denk ich mir... naja... *kann ja nicht jeder vom Russen gezeigt worden sein. Nicht wahr, NI-(KO)-LAS?!"*

Ins Schwarze getroffen. Niklas Miene verfinsterte sich kurz, verärgert holte er zu einer Backpfeife aus. Bolle blickte ihn mit seinen stahlblauen Augen unter der Brille einfach nur an. Dieses Standbild währte eine Sekunde. Dann brachen beide in schallendes Gelächter aus.

Als das wohl allerletzte Streichholz schließlich das Rauchgerät entfacht hatte, spürte ich innerlich in mir, wie gleichzeitig ein völlig unbekanntes Gefühl der Kameradschaft entflammte: – mit diesen Leuten konnte man sich wohl wirklich verständigen. Etwas in mir sagte mir, dass wir höchstwahrscheinlich bis zum Ende der Zeit Freunde bleiben würden...

Am nächsten Schultag glänzte ich im Unterricht ungewöhnlicherweise mit guten Leistungen, ein Hochgefühl begleitete mich den Vormittag über. Zwar hatte ich den gestrigen Stoff verpasst, weil der Weg nach der großen Pause gestern mich nicht zum Klassenzimmer zurückgeführt hatte, sondern zur Toilette. Die ersten zehn Minuten nach unserem Verabschieden hatte ich mich noch gefragt, wo denn nun der ganze Zauber des blauen Dunstes abgeblieben gewesen war! Außer einem Kreislaufkoller und einem Herzschlag, als hätte ich einen Hundertmeterlauf absolviert, hatte die Lunte, die Löte, der Joint, der Spliff, die Rakete, die Fackel oder welche anderen hundert Synonyme man noch laut Niklas und Bolle dafür verwenden konnte, keine Wirkung gezeigt. Als ich am den Gang entlang schreiten gewesen war, war ich mir fast schon ein bisschen verarscht vorgekommen. Doch dann:

Irgendetwas schien mein Gewicht erhöht zu haben. Auf einmal war nicht nur der Rucksack ungleich schwerer geworden, auch meine umhertrudelnden Hände waren immer mehr der Gravitation unterworfen. Was für eine Mühe, die tonnenschweren Füße zu heben, geschweige denn, einen nach den anderen zu setzen…! Ehe ich mich versah, war mir ein Brett vor dem Kopf geschraubt worden. Im Gegensatz zu Haupt und Extremitäten hatte sich mein Rumpf merkwürdig beschwingt und leicht angefühlt. Geradezu federleicht. Als wäre ich Fahrstuhl gefahren. – dies war alles nicht wirklich am Zusammenpassen! Im nächsten Moment habe ich mich gefühlt, als würde ich in der Mitte auseinanderreißen. Gerade so hatte ich es noch zum Jungsklo geschafft, und habe unter einem herumwuselnden Farbspektakel volles Rohr die Schüssel vollgekotzt.

Zusammen mit dem hochgekommenen Pausenbrot hatte sich ein Geisteszustand gestellt, nachdem die Leute wohl trachteten, die das grüne Kraut inhalierten: Gelöst, entspannt, sediert, aller Probleme und Sorgen entledigt. Im Spiegel hatte mein Gesicht mich angegrinst. Als hätte sich ein Schleier gelegt…

Und so freute ich mich wie noch nie zuvor, als der letzte Stundengong ertönte, und ich milde lächelnd an meinen Mitschülern vorbeiglitt, deren spöttische Kommentare diesmal an mir abprallten wie ein schlecht ausgeführter Torschuss auf dem abseitigen Lattenholz des Bolzplatzes.

Ich hatte *Freunde* gefunden.

Wir saßen nach der Schule bei Niklas herum. Seine Mutter war noch nicht zuhause, und so hatte er den Plattenspieler voll aufgedreht. Bill Haley, Little Richard und Chuck Berry schmückten die getäfelten Wände seines Kinderzimmers, und nun auch unsere Gehörgänge. Im Regal naturwissenschaftliche und philosophische Literatur, welche für einen Vierzehnjährigen eigentlich inkommensurabel sein müsste. Heidegger, Wittgenstein und die großen Denker der Antike. Nach kurzem Überfliegen eines Textabschnitts jedenfalls rauchte mein Kopf.

Vielleicht lag es daran, dass wir die Sache von gestern wiederholt hatten? Das Zimmer war in Dunst getaucht, süßlich duftender Duft des Vergessens, der unseren juvenilen, furchtbar hormongeplagten und durcheinandergewirbelten Gemütern ein wenig den Wind aus den Segeln nahm. Die Übelkeit des gestrigen Tages war spurlos an mir vorübergegangen, und Bolle, der wie Niklas ein grundlegendes Interesse an pharmakologischen Zusammenhängen zu haben schien, hatte mir erklärt, dass der Wirkstoff der Hanfpflanze von meinen grauen Zellen zuerst *fälschlicherweise* als Eindringling interpretiert wurde. Schweigend saßen wir mit roten Augen da, und lauschten den irren Triolen von Little Richards rechter Hand. Wir wollten eigentlich gerade eine weitere Partie Billard spielen, als Bolle lüstern grinsend zu seinem Schulranzen ging. Er klappte die Lasche auf, und rief aufgeregt zu uns herüber:

„Hey Jungs! Nathan ist doch auf Klassenfahrt! Ihr glaubt nicht, was ich in seinem Zimmer unterm Bett gefunden habe!"

Auf Zehenspitzen tapste er mit einer Zeitschrift in der Hand zu uns aufs Sofa zurück.

„NEIN, NICHT DEIN ERNST!", brüllte Niklas außer sich. Auch ich… staunte nicht schlecht:

„*Playboy Magazine*" war der Name, der auf der Zeitschrift prangte. Man sah Hasenohren, und… und dass war das eigentliche Spektakel, und für mich eine Riesensensation: …eine gänzlich unbekleidete *Frau!* Man konnte Beine, Bauch, Brüste und Nippel, alles sehen! Unfassbar!

„Allerfeinste Sahne!", bemerkte Bolle, über seinen Fund stolz wie ein König, und blätterte grunzend die erste Doppelseite auf.

Unsere Kinnladen fielen herunter. Man sah die brünette Granate vom Titelblatt, und dass quasi splitterfasernackt, in Positionen abgelichtet, die einem Jungen unseres Alters den Schweiß auf die Stirn treiben konnte: Mal saß sie auf einer Harley-Davidson, wo sie ihren nur mit einem Striptanga bekleidetes Hinterteil auffordernd entgegenreckte. Auf einer anderen Aufnahme lehnte sie an der Bar, ihre massive Oberweite zwischen ihre aufgestützten Arme gequetscht, und nippte an ihrem Piña Colada. Besonders skandalös war jedoch die Nahaufnahme ihres verführerisch blickenden Gesichtes, wie ihre Zunge an einem länglichen Langnese-Eis schleckte.

Irgendwo untenrum spürte ich ein Kribbeln, im Unterleib wurde es warm, und mein Atem stockte, bevor er dann begann, schneller zu werden. Zwischen meinen Beinen war es ungewöhnlich gut durchblutet und ich spürte meinen Dödel hart werden. Bolle blätterte um, und gab zu verstehen:

„Die meisten Seiten sind leider schon völlig verklebt, war schon so, als ich's gefunden habe…"

„Das ist mir doch egal! LASS MICH EINFACH NUR KURZ FÜNF MINUTEN DAMIT ALLEINE!", rief Niklas angegeilt und versuchte, Bolle das Pornoheft aus der Hand zu reißen.

„Hey, lass das, du Idiot!", schimpfte Bolle.

Das kurze Handgemenge endete damit, dass mehrere Seiten zerfleddert oder rausgerissen waren. Eine Seite hing nur nach an einer Ecke, und man sah zwei abgerissene Pobacken hin… und her wedeln.

„Sag, was du willst, Bolle…", begann ich leise und zögerlich, „… aber so kannst du das deinem Bruder unmöglich wiedergeben." Niklas verstand genau, worauf ich hinauswollte, und ergänzte:

„Exakt! Dieses… *Beweisstück* müssen wir konfiszieren! Falls er dich drauf anspricht…" Ich lachte höhnisch und unterbrach:

„Glaub nicht, dass sein Bruder ihn darauf anspricht, haha!"

„Und falls doch…", warf Niklas ein, „falls doch, dann hat es eben dein Vadder gefunden, der Herr Professor Ohlstein, und weil er sowat bei einem guten deutschen Buben nicht duldet, hat er es… *den Flammen übergeben!* Ihr wisst ja! Pornographie und Prostitution sind schließlich auch schlecht für den Volkskörper!"

Wieder einmal staunte ich, wieviel mehr westdeutsche Kinder doch über ihre Eltern wussten. Bolle legte das zerfledderte Magazin vor sich hin und überlegte einen Moment. Scheinbar schien ihm die Aussicht, von den Bildern länger etwas als nur eine Woche zu haben, auch zu gefallen.

„Gut Leute. Jeder behält es für eine Woche.", begann er planerisch. Niklas machte einen Freudensprung. „Aber benutzt echt verdammt noch mal auf jeden Fall ein Taschentuch!"

Niklas wollte grade seine Hand danach ausstrecken, als Bolle entschied:

„Nix da, du Blödmann, nach der Aktion gehört es auf jeden Fall Maxi!"

Triumphierend griff ich, schnell atmend, nach den auf Zellulose gebannten Frauenkörpern, sammelte ein, zwei Schnipsel mit für die „Handlung" des Magazins wichtigen Szenerien auf, und gab etwas beschämt und mit knallrotem Kopf zu verstehen:

„Jungs, ich geh schon mal nach Hause. Habe… noch so verdammt… viele… Hausaufgaben… zu erledigen."

Und wieder einmal bewies sich die Volksweisheit, dass wenn sich zwei stritten, der dritte Grund zur Freude hatte.

Auch in den darauffolgenden Wochen vor den Sommerferien saßen wir fast jeden Tag, nachdem wir aus den Klauen der Bildungsanstalt entlassen worden waren, bei Niklas herum. Die temporäre Abwesenheit seiner Mutter ließ uns, der Zügellosigkeit ergeben, ausschweifende Nachmittage voller juvenilen Blödsinns erleben. In den letzten Wochen war derjenige, der das Heft weiterzugeben hatte, immer ein wenig rot im Gesicht und verlegen auf den Boden schauend zu unserem Geheimtreff erschienen…

Selbstverständlich kreiste auch an diesem Nachmittag der Joint, während Fat's Domino sein schwärmerisches „Blueberry-Hill" sang, und wir darüber diskutierten, was wir mit all unserer überschüssigen jugendlichen Energie anfangen sollten.

„Vielleicht sollten wir einem unserer Lehrer einen Streich spielen!", schlug Bolle nachdenklich vor.

„Wat heißt hier Streich!? *Eher ne' gehörige Lektion verpassen!*", warf Niklas hellauf begeistert ein.

„Nur wem? Und wie?", fragte ich unschlüssig.

Niklas fuhr nachdenklich mit dem Finger über sein Kinn, eine Geste, die er wohl irgendwie brauchte, um besonders effizient überlegen zu können. Dann zündete flammend eine Idee hinter seiner Stirn und er verkündete schadenfroh grinsend:

„HEY! Jo, alder! Dat is der Plan des Jahrtausends! Überhaupt, die Idee hab ich schon ganz lange! Wusstet ihr, dass der olle Herr Brückert nur ein paar Häuser weiterwohnt!?“

„Nicht ernsthaft! Höhöhö.“ Ich lachte total stoned und fragte: „Die blöde Sau, echt jetze!?“

Unser Chemielehrer, der jede unserer drei Klassen unterrichtete, hatte sich in den vergangenen Gesprächen in den großen Pausen als unser Erzfeind Nummer 1 herauskristallisiert. Er genoss die uneingeschränkte Antipathie von uns allen, denn er war nicht einfach nur fies, er schien Kinder, ach, Menschen generell zu hassen. Selbst die fleißigsten Schüler und Schülerinnen vermochten es nicht, ein Lob von ihm einzuheimsen, war doch die Belobigung einer Lehrkraft einer der besten und zuverlässigsten Dünger, unter dem schulische Leistungen gedeihen konnten.

Der Plan stand fest, und in Windeseile hatten sich auch die Details herausgearbeitet!

Wesentlich länger dauerte es, genug Hundekot und Katzenscheiße in der kleinen Papiertüte zusammenzusammeln.

Niklas hielt die in einem Einmalhandschuh steckende Hand mit der stinkenden Fracht weit von sich und gackerte schadenfroh:

„Boah alde, is dat übel! Meine Fresse… ey, igitt!“

„Die nächste Tüte dreh dann wohl aber ich!“, bemerkte Bolle grinsend. Als wir am Zielort angelangt waren, kam es, wie es kommen musste: *Ich zog den Kürzeren.* Mein Puls begann zu rasen und ich winselte feige:

„Nein man, Jungs, ich glaube ich kann das nicht!" Niklas brüllte vor Lachen, schaukelte berauscht und vernebelt mit seinem Oberkörper vor und zurück und prustete:

„Nein, Kneifen gibt's im Leben nicht, man! Dat musst du jetzt kloarschießen, alder!"

„Ist doch eigentlich eine riesige Ehre!", schloss sich Bolle kichernd an. Mir sprang fast die Pumpe aus der Brust. Schnell atmend nahm ich erst das Zippo-Feuerzeug und dann die Mülltüte mit den tierischen Exkrementen entgegen. Den Kotzreiz unterdrückend, sah ich vorwurfsvoll in ihre schadenfroh gackernden Gesichter und fluchte:

„Oh Mann! Ihr blöden Pissnelken! Na gut! Scheiße, wem Scheiße gebührt! Aber wehe, ihr macht, sobald es Dingdong gemacht hat, einfach die Fliege und lasst mich hier zurück!"

Wie ein Geist schlich ich mich um die Nachbarshecke und ging schleichend einen Gartenzaun entlang, gebückt wie eine Katze, auf die Einfahrt des Nachbarhauses zu. Amselstraße Nr. 14. Die Fenster vorne hatten die Gardinen zugezogen. (Vielleicht ließ sich sein Nachwuchs so besser anbrüllen?) Mich hektisch umsehend, tapste ich über die Steinplatten. Kein Hund im Garten, aber was, wenn drinnen einer lauerte? Ganz langsam ging ich gebückt auf die Haustür zu. Oh Gott! Noch war es noch nicht zu spät, umzudrehen… wenn der mich erwischen würde, gäbe das sicherlich einen Mordsärger! Geistesgegenwärtig hockte ich unter dem Briefkasten, mit einem Puls von 180, und begann die Stinkbombe zu präparieren. In den Scheißebeutel spritzte ich dann noch eine gehörige Portion Feuerzeugbenzin, und das wirklich nicht zu knapp… gemeinerweise platzierte ich das Ganze direkt auf der Fußmatte, und schluckte. Zitternd kramte ich das Zippo hervor… und sah mich noch einmal kurz um, aber die anderen beiden Rabauken waren von hier wirklich absolut nicht einsehbar. Und dann… dann tat ich es einfach:

Klack. Zipp-Pfumm: Bromm. – DINGDONG!*

… - ich machte, dass ich wegkam, die Tüte brannte lichterloh, und aus ihr stieß ein widerlich-garstiger Qualm hervor! Ich rannte, rannte, rannte, nur nicht in Richtung des Gebüsches der anderen beiden, da ich meinte, im Flur bereits jemanden gehört zu haben, und rettete meinen Arsch gerade noch rechtzeitig hinter einen Stromkasten. Die Haustür ging auf, und ich hörte instantan ein schrilles Kreischen. Ein Kind fing zu heulen an. Dann stöckelte die kreischende Ehefrau wieder ins Haus zurück, und rief etwas ins höhere Stockwerk, während das Kind weiter lauthals plärrte. Jemand kam die Treppe heruntergebollert.

„Was zum!? Was ist denn das hier!? Sag mal, hackt's, oder was!?", brüllte eindeutig identifizierbar Herr Brückerts Stimme.

Ganz schemenhaft sah ich ihn mit einem Feuerlöscher wiederkommen. Der Schaum löschte das Feuer relativ schnell, aber es blieb dieser stinkig-faulend-dampfende Kackhaufen. *Äußerste Mühe, nicht loszulachen.* Scheinbar war die Fußmatte komplett geschmolzen… die Arme in die Hüfte stemmend, lief er unruhig im Garten hin und her und sah sich nach allen Seiten um, blickte die Straße rauf und runter. Dann fluchte er, ging ins Haus, kam wieder und ging an der bestialisch stinkenden Rauchsäule vorbei. Die Wagentür seines Autos ging auf.

„Oh doch, Liebling! Und wenn ich die ganze Gegend nach diesen kleinen Mistgeburten absuchen muss!"

Sein Opel Baujahr 1958 schoss an mir vorbei. Nur die Brennnessel, eigentlich ein alter Freund von mir, gewährte mir tarnenden Sichtschutz, und das zu einem hohen Preis…

…doch dieser Preis wurde wiederum aufgewogen in mehrwöchige Lachattacken… die uns plagten, sobald jemand Herrn Brückerts olle miesepetrige Visage ausgemacht hatte. Uns schmeckte dieses winzig kleine übelriechende Stückchen Macht, dass wir über diesen Erwachsenen, in unseren Köpfen zumindest, zurückgewonnen hatten.

Viertes Kapitel

Wie begonnen, so zerronnen. Zum Beginn meines sechszehnten Lebensjahres folgte ein erneuter Schulwechsel. *Promiskuitive Mütter machten's möglich.* Keiner würde auf die Idee kommen, seine Blumen und Pflanzen so oft umzutopfen, ohne Angst zu haben, dass seine Gewächse eingehen. Kinder durch die ganze Weltgeschichte zu karren, sie nach Belieben nach Ost, Süd, West und Nord zu verfrachten, schien dagegen kein Thema zu sein.

Nachdem ich im letzten Schulhalbjahr nach jahrelanger Odyssee endlich zwei Menschen gefunden hatte, die meine Gedankenwelt teilten, und die ich wahrhaftig *Freunde* nennen durfte, sehnte ich mich in der Hafenstadt Kappeln nach dem anderen Ende der Schlei, einem Meeresarm an der Ostküste Schleswig-Holsteins. Die Stadt Schleswig, jahrelang verhasst, wurde nun auf einmal zum Sehnsuchtsort. An den Rand des Landkreises Angelns verbannt, schlurfte ich in großen Pausen mit gesenktem Kopf über den Schulhof. Anfangs noch allein, später wurde ich dann nicht mehr in Ruhe gelassen, sondern von einer Traube Belagerer umringt, die sich allerlei kreative Quälereien für mich einfallen ließen. Nach der zigsten Tragödie des ewigen Neuen allerdings dünkte mir, es müsse wohl eigentlich an mir liegen. Auch an dieser Schule hatte ich es verkackt. Nach zwei Wochen wurde nämlich im Geschichtskurs gefordert, doch eine Auskunft zu geben, was denn der Herr Papa und die Frau Mama so in der Epoche vor der glorreichen „Befreiung" durch die alliierten Siegermächte so getrieben hätten… einerseits, weil ich durch Niklas und Bolles Umgang mit der Vergangenheit ihrer Eltern einen gewissen Zynismus kennengelernt hatte, andererseits, weil ich nicht wissen konnte, dass nach mir noch zwei andere Mitschüler drankommen würden, von denen Teile der Verwandtschaft in etwaigen Konzentrationslagern umgekommen waren, erklärte ich auf die Frage nur bissig knurrend:

„Mein Vater hörte in seinem anderen, früheren Leben auf den Namen Hauptmann Gerhard Ahnert, und auf seiner schnittigen schwarzen Hugo-Boss-Uniform trug er ein Eisernes Kreuz erster Klasse. Verdient durch besondere militärische Tapferkeit während schwerer Abwehrkämpfe im Osten."

Damit hatte ich schlagartig zwei komplette Jahrgangsstufen gegen mich aufgebracht.

Am heutigen Tag wollten sie mir dann noch etwas ganz Besonderes mit auf den Nachhauseweg geben:

Man fing mich ab, als ich um eine Ecke ging, und ich sah nur noch, wie mir ein Mülleimer über den Kopf gestülpt wurde. Sofort schlugen ganze zehn, zwölf Hände dagegen. Zu dem schmerzhaften Klingeln in den Ohren gesellte sich innerhalb dieser doch leicht traumatogenen Erfahrung die leidliche Ungewissheit, nicht genau zu wissen, wer denn da gerade besonders doll zubuchtete! Am Ende schubsten sie mich noch in guter alter Schubskreis-Manier zwei, drei Mal hin und her, und stellten mir noch ein Bein. Als ich mich keuchend auf allen vieren aufrappelte, und mir den Mülleimer von der feuerroten Rübe herunterriss, waren sie schon wieder über alle Berge in die Anonymität der Schulkorridore entfleucht.

Eben deshalb streifte ich später am Nachmittag dieses

Tages mit Heino endlos weit über Feldwege, Wiesen und brachliegende Äcker. Er genoss schwanzwedelnd die ausgiebige Gassi-Route, und auch ich merkte nach und nach ein Sinken meines Stresslevels. Ich kraulte ihn hinter den Ohren, sah ihm in die Augen und erzählte trübselig:

„Heino, mein Guter! Das war heute in der Schule… ne richtig ausgearbeitete Operation… die ham das richtiggehend ausbaldowert!"

Er spitzte seine Schäferhundeohren, drehte seinen Kopf und bellte.

„Du sagst es! Da hast du recht, eine ganz und gar verlogene und feige Strategie, derer sie sich bedient haben. Zehn Leute gegen einen, ich mein… na komm, mein Guter!"

Ich gab ihm noch ein Leckerli, wuschelte durch sein Fell und wir spazierten weiter. Als der erste Ausläufer des Küstenabschnittes sichtbar wurde, fragte ich ihn deprimiert und in einem sehnsüchtigen Tonfall:

„Gib's zu! Du wärst doch och viel lieber in den Bergen, oder, Heino!?"

„Wuff!", bekräftigte er.

Dieser windumpeitschte, möwenumkreischte Norden war für mich zum Alptraum geworden. Klar, es war auch wie in meiner Heimat deutsche Muttererde, wie sie leibte und lebte, doch die ganz richtige Version des Bodens war es dann halt doch nicht, auf der meine und Heinos vier Beine entlangschritten. Mir war ganz bange zumute. Es gelang mir nicht mehr so einfach wie früher, die Depressionen einfach mal eine Runde in Aggressionen umzuwandeln. In diesen vielen Momenten des *Vernichtenwollens* war mir immer völlig klar, dass ich nicht der Fehler war, sondern die Leute, die mich hänselten und drangsalierten. Da ich nicht mehr in den Modus des Zorns kam, blieb mir die niedergeschlagene Leere und mit ihr das betäubende Schuldgefühl übrig.

Plötzlich verurteilte ich alte Mimose mich in einem selbstbemitleidenden Tonfall:

„Häh, ist doch klar! *Nach so vielen Schulklassen sollte es doch einwandfrei bewiesen sein, dass es an mir liegt.* Eindeutig! Ja, ganz genau! Ich mein, wenn da so ein wahnsinniger Spacko zu mir in die Klasse käme, klar, ich würde den auch hänseln!"

Wie, um mir zu widersprechen, blieb der Hund stehen und bellte mich vorwurfsvoll an.

„Du hast ja recht, Großer! Selbstmitleid bringt überhaupt nichts! Ach, danke dass du das hier alles aushalten tust, mein Bester!"

Jetzt grinste er wieder über das ganze Gesicht. Einfach ein erstklassiges und einzigartiges Mienenspiel, das dieser Hund besaß…

Die ersten Blätter sagten sich von den Zweigen und Ästen los, und segelten, hinfort von ihrem stationären Blätterdasein, sich dem Wind anvertrauend, dem Boden entgegen. Ein weiteres Jahr, das für den Arsch war, neigte sich dem Ende entgegen. Die Brombeersträucher, die mir vor einigen Monaten noch reichlich Stärkung versprachen, hielten nun längst keine Stärkung mehr parat. Nur mit Hemd war es jetzt in der Abenddämmerung auf jeden Fall langsam zu kalt, und es fröstelte mich kurz. Einen Moment stand ich noch da, und bekam eine ungute Vorahnung, wo das alles für mich führen würde...

Wehmut erschwerte den Gang. Geisterhaft stapfte ich durch den Schülerstrom hindurch, bemüht, in keinerlei Augenpaare blicken zu müssen, stumpf die große Schiebetür unter dem großen Ausgangsschild fixierend. *Schön unsichtbar tun.* Menschenskinners, habe ich einen Menschenhass! Diese kleinen Ausgeburten, dieses Gezücht! Argh! Da war er, des Zornes Kind! Das Getuschel und Fingergezeige juckte mich nicht, im Gegenteil, erst am Nachmittag, wenn Ruhe eingekehrt war, würde es mich deprimieren. In diesem gegenwärtigen Moment dominierte der **VERNICHTUNGSWILLEN**, und die ganzen abfälligen Grimassen und jene unmissverständlichen Botschaften des Mit-dem-Finger-über-die-Kehle-Streichens, sie nährten nur meine Wut. Viel Feind, viel Ehr…

Einer der Spaßvögel stellte sich neben mich, und fing unmittelbar an, mich zu provozieren:

„Weißt du, genau wegen so'nem braunen Gesocks wie dir gehört eigentlich der ganze Rest von Deutschland wegplaniert wie Dresden."

„BOMBER HARRIS, DO IT AGAIN!", skandierte eine schlaksige Schießbudenfigur.

„Das ist ja mal ein sehr pazifistischer Ansatz.", bemerkte ich, ohne den beiden sonderlich viel Beachtung zu schenken. Deutlich auf Ärger aus überholten sie mich, umkreisten mich, und zeigten sich sehr verärgert, dass ich einen Zahn zulegte, und ihr wildes mir vor der Nase herum Schnipsen und ihr Hitler-Marsch-Schritt-Parodie-Gehabe gar nicht zur Kenntnis nahm, sondern immer weiter und schneller auf die tolle große Schiebetür mit dem tollen großen Ausgangsschild zuging.

„Was ist los, kleiner Eichmann!? Hast du es so eilig, dich abzusetzen?"

Mehrere Leute in Lederjacken versperrten mir den Weg. Einer knackte demonstrativ mit den Knöcheln, andere krempelten die Ärmel hoch. Ein Typ mit Zahnlücke und hasserfüllt blitzenden Augen schleuderte mit einer Kette herum.

„Was soll das werden, ihr Bolschewiken? Ein Standgericht?", keifte ich trocken. Diese Art von Machtspielchen hatte ich so satt! Ich konnte ja im Grunde alles Mögliche sagen. Am Ende würden sie mich doch eh verdreschen.

„Wir werden sehen, wer am Ende vom Lastwagen abgeholt wird!", schimpfte der Junge, der wohl etwas für den alliierten Luftmarschall und seine Flächenbombardements übrig zu haben schien…

„ICH GEB DIR GLEICH BOLSCHEWIK!", maulte ein Junge, der Jurek hieß, mich an.

„Nicht hier!", unterbrach ihn jemand.

„Du blöde kleine Kröte, du Mistsau, du Nazischwein, du erbärmliche kleine Fotze, irgendwann machen wir dich platt!"

„Weißt du was, Mann? Deine dreckige braune Birne bräuchte mal ein ordentliches Loch in der Stirn, damit die ganze braune Scheiße mal richtig ablaufen kann!", brüllte ein anderer, der es sich zumindest nicht nehmen lassen wollte, mich gehörig zu schubsen.

„Oder ein Genickschuss im Morgengrauen!", fluchte ein anderer, und gab mir eine Nackenschelle, die sich gewaschen hatte.

„FOTZE!"

„Pisser!"

„Du blöde Nazisau, tue es deinem Führer gleich!"

„Scheiß ostdeutscher Lappen!"

„Hurensohn, du kriegst gleich richtig Schelle!"

Sie bedrängten, schubsten und rempelten mich an, bis ich mich, die Hände über den Schädel haltend, durch die große Schiebetür ins Freie drängte. Sofort stob die Menge auseinander, wohl wissend, dass unser Direktor, der Hr. Budnicek, die Einsicht auf das im Schulhof befindliche Geschehen besaß, und dieser schmiss mit Tadeln und Nachsitzen geradezu um sich. Dumm grinsend liefen sie an mir vorbei, und winkten mir mit ihrem sadistisch-schadenfrohen Psychoblick in den Augen... da das Wochenende anstand, wollte ich gar nicht erst wissen, was sie mir nach dem gestrigen Tag mit auf den Weg geben wollten... Langsam stahl ich mich vom Schulhof und gewann einigermaßen Vorsprung. Schnellen Schrittes enthüllte sich mir das Ausfallen der letzten Doppelstunde Physik als einzig plausible Konklusion auf das Rätsel, wie ich ihnen aus dem Weg gehen sollte... von der Materie verstand ich ohnehin nichts, sie schienen für mich nicht zu gelten, die Gesetze von Schwingungen, Wellen und elektromagnetischen Feldern…Ich war nur tölpelhafter Analphabet, den man im Elfenbeinturm der Sprache eingekerkert hatte, zur Belustigung, Realsatire oder weiß der Geier was.

Es fand sich eine halb gerauchte Zigarette. Und ein Linienbus.

Es sollte an Bolles sechzehntem Geburtstag geschehen:

Wir saßen auf der Veranda des reetdachgedeckten Landhauses, ein nordischer Wind durchzauste unsere Haare, und der von Frau von Ohlstein mundgerecht portionierte Bienenstich zerging in unseren Mündern. Die Landesfarben Schleswig-Holsteins flatterten in blau-weiß-rot vom Wind umpeitscht hoch droben. Der mit dem Sturmwind schwanger gegangene Wind kippelte, knarzte und schüttelte das darauf stehende Kaffeegedeck ordentlich durch.

Am anderen Ende des Hauses tauchten zwei Sandaletten auf, sie gingen… irgendwie… schwergängiger als normal. Dann wurde klar, dass Bolles Vater mit einer Kiste Bier wiederkam. Ich musste schlucken. Aber das war doch… ich hatte mir geschworen… meine Augen starrten kühl auf die näherkommenden grünen Bierbuddeln. Bolle sprang sogleich auf, und eilte seinem alten Herrn zu Hilfe. Niklas stand auch auf und jubelte händeklatschend, und tat zumindest so, als würde er irgendeine Art von Hilfsangebot offerieren. Ich verfolgte das Ganze wie gelähmt…

Bolles Vater, ein hochgewachsener blonder Mann mit kreisrunden Brillengläsern, wuchtete den Kasten unter den Tisch, und nahm drei Holsten heraus. Ploppend öffnete er sie und verkündete feierlich:

„So, die Herren! Jetzt seid auch ihr alt genug, um euch offiziell an den dionysischen Bewusstseinsverlusten der vergorenen Hefe zu laben! So hebt euer Glas holsteinischen Hopfentrunks! Auf unser deutsches Vaterland!"

„Prost!", sagte Bolle, augenrollend über den Trinkausspruch seines Vaters.

„Prohoooooost!", stieß Niklas feierlich hervor. Ich hielt nur geistesabwesend und unschlüssig die Buddel in der Hand.

„Hey, Maxe! Was ist denn?", wollte Bolle mit dem ausgestreckten Bier in der Hand wissen.

„Willst du keen söpn mit uns oder wa?", fragte Niklas enttäuscht, und fast schon ein bisschen gekränkt klingend.

„Neee, also ich, öhm…äh…", stammelte ich.

Mir war nicht mal richtig klar, dass es ja eigentlich diese Überzeugung in mir gab, nie wieder ein Bier anzurühren, es von vornherein bleiben zu lassen! Von Anfang an für immer die Finger davon zu lassen, das hatte ich mir als Sechsjähriger geschworen, so sehr hasste ich das Zeug, dass uns um unseren Vater gebracht hatte... und doch bewirkte dieser klitzekleine Spritzer aus der Büchse der Pandora, den ich abbekommen hatte, etwas Eigenartiges… ein fauler Zauber, von dem ich wohl nie genug bekommen würde, wäre ich außer Stande, aufzupassen. Mit meinem gebrochenen Kinderherzen und aus dem Ekel heraus war es noch einfach gewesen, das Ganze zu verteufeln, und sich beim Gedanken an die Flüssigkeit schon zu schütteln… doch nun, zehn Jahre später?

„ICH KANN HALT NICHT!", rief ich verzweifelt.

„Was soll das heißen?“, unterbrach mich Prof. Dr. Ohlstein forsch. „Wie mir Kenntnis zuteilwurde, werden sowohl der junge Mann, dessen Physiognomie schon von Weitem her auf eine Bastardisierung schließen lässt…;“

„Papa!“, unterbrach Bolle peinlich berührt und verärgert.

„…sowie Sie, junger Herr Ahnert, nicht von ihren Vätern abgeholt werden können, weswegen ich Sie doch am morgigen Tage zum Kreisbahnhof chauffieren darf? Außerdem haben wir doch Wochenende! Es kann ungehemmt dem Trunk gefrönt werden! Scheinbar hat mein Sohnemann endlich einmal Kameradschaft gefunden!“

Als ich dann schließlich doch mit Bolle und Niklas klinkend anstieß, war der Widerstand mit einem Mal zerbrochen. Nur ein schwaches Aufbäumen war es gewesen. Ein zaghaftes Widerstreben. Aber einen Moment lang… hatte meine Seele gezögert, wohl wissend, dass ich deswegen zur Hölle fahren würde!

Und wie schnell es ging, vom „Ich kann nicht" zur totalen Besinnungslosigkeit…

Was mir am nächsten Morgen von den kichernden und mich aufziehenden Banausen geschildert wurde, übertraf meine schlimmsten Befürchtungen. Zu der Scham, eins meiner ältesten und zentralsten Versprechen an mich selber mit Füßen getreten zu haben, gesellte sich die Schande einer kompletten Amnesie. Nichts, nix, nada… nur Bruchstücke, Scherben. Hatte ich ge… ge… gekotzt!? Ach ja, natürlich. Pfui Deibel, mir war immer noch speiübel.

„Und dann…", prustete Niklas, seine Wolldecke über die Beine ziehend, und mit der Faust höchst amüsiert auf die Sofalehne klatschend, „… und dann bist du aufgestanden, losgetorkelt und hast völlig wahnsinnig, wie von Sinnen gebrüllt: ICH SAUF BIS ICH PLATZ! Ich muss saufen bis ich kotze, ich trink, bis nichts mehr da ist, bis zum letzten Tropfen trink ich es leer…"

Bolle brüllte vor Lachen, und gackerte, am Türrahmen stehend:

„Joa, und das hast du denn auch gemacht, ne. Zwei Flaschen für jeden von uns hast du übriggelassen, widerwillig. Alter, hast du nen Zug drauf. Hast alles ausgesoffen, warst nicht mehr ansprechbar, hast immer nur gebrüllt, dein… „Ich sauf, bis ich platz!". Jo, und dat hassu' denn auch gemacht… holla, die Waldfee, ein Spiel für die Götter, könnte man sagen."

„Genau, hast du denn auch wirklich wahrgemacht, mit dem Platzen! Als du dat letzte Bier weggezecht hast, kam dir ne riesige, schäumende Kotze-Fontäne oben wedder rausgeschossen! Ahahahahaha!"

Grau und verschwommen traten nebulöse Szenarien vor mein geistiges Auge. Ein Schalter wurde umgelegt, eine Maschine angeworfen, soviel war klar. Mir schien, mit dem Klink-Geräusch beim Anstoßen hatte ich eine andere Welt betreten. Ein Land, für das ich eigentlich ein striktes Einreiseverbot verhängt hatte, wohl wissend, dass dorthin erst einmal eingewandert, ein strenges Ausreiseverbot galt.

„Ach du Scheeße, herrje…", begann ich beschämt und haareraufend, „…warum hat mich denn keener aufgehalten!?"

„Wollten wir doch, als du nach dem Dritten direkt das Vierte aufgemacht hattest!", warf Bolle mit hochgezogenen Augenbrauen, aber dennoch amüsiertem Gesichtsausdruck ein. Niklas fuhr belustig fort:

„Also Maxe, alder, das ist schon n Ding! Erst sechst do, nööööy, ick will garkeen söpen… und denn… denn säufst du, bis du platzt! Und hast uns noch im Vollrausch allet fortellt, hier von wegen, mit din Vaddern undso…"

„WAAAS!? Was habe ich über meinen Vater gesagt!?", rief ich panisch.

„Nix weiter… nur dass er…", begann Bolle beruhigend.

„Was, nüscht weiter!? Häh!?", fragte ich geschockt. War mir das Geheimnis rausgerutscht? Bolle fuhr fort:

„Nun ja, du hast uns erzählt, als Kind hättest du mal den Fusel und das Bier von deinem Alten im Klo heruntergespült, weil er…“, Bolle sah mich an wie sein Vater, mit dem gleichen Gesichtsausdruck, den Prof. Dr. Ohlstein an den Tag legte, wenn er einen Patienten mit einer psychiatrischen Diagnose brandmarkte, „… weil er… sagen wir mal… ausgedehnte Trinkgewohnheiten an den Tag gelegt hatte. Um nicht zu sagen… Alkoholiker war.“

„Und das kleine Wörtchen „war“ impliziert nun mal, dass dein alter Herr nicht mehr unter uns weilt. Ick haev min Vaddi ok nie kennengelernt, dat is schon in Ordnung, schnacken wir nicht weiter darüber.“, sagte Niklas mitfühlend.

„Hmmm…“, war alles, was ich peinlich berührt hinter der Maske meines grimmigen Gesichtsausdrucks hervorholen konnte. Ich drehte verschämt mein Gesicht zur Seite…

Hatte ich gestern dem Teufel zugenickt?

Den Schutzkreis übertreten?

DAS SIEGEL GEBROCHEN!?

In den nächsten Tagen und Wochen war der Wurm drin. Andauernd verpasste ich den Bus, den Schulstoff, den Anschluss, freilich auch die vielen Gelegenheiten, ein entspanntes Leben in den Schulpausen zu verbringen, wie gewohnt, mit Niklas und Bolle in Rauch eingehüllt, hinter dem Geräteschuppen. *Nur eines verpasste ich nicht:* Das verdammte norddeutsche Schietwetter. Optisch glich ich oft einer vollgesogenen Toilettenpapierrolle oder einem muffigen Spüllappen, und auch emotional konnte ich mich ganz gut damit identifizieren. Was meinte letztens ein Mitschüler trefflicherweise zu mir? Ich sei wie getrocknete Hundescheiße an der Schuhsohle, Dreck in den Ritzen, den man einfach nicht herausbekam…

Wie recht er hatte. Häufiger und häufiger entschwand ich in den großen Pausen einfach in die Stadt, mit aufgestelltem Kragen stand ich vor den Schaufenstern, immer peripher und im Hinterkopf das Geschehen hinter meinem Rücken im Blick behaltend. Nicht, dass meine Peiniger mir wieder einmal nachstellten! Immer öfter sammelte ich Kippenstummel auf, nach zwei, drei Schultagen hatte ich dann genug Tabak, um mir wieder eine zu drehen. Es war mir nämlich aufgefallen, dass ich nach unseren Wochenenden, zunehmend auf eigene Initiative, ein selbstständiges Verlangen nach dem blauen Qualm zu entwickeln begann. Es war zwar noch nichts so stark, dass ich stets in blauen Dunst gehüllt sein musste, um nicht nervös und fahrig von einem Bein auf das andere zu wippen, aber eine sich unaufhörlich steigernde Lust zeigte sich in mir, sobald ich einen anderen menschlichen Zeitgenossen an einem Glimmstängel ziehen sah. An unser sakrales Nachtschattengewächs kam es natürlich nicht heran, so eine Marlboro. Aber oft dachte ich an Ampel oder Bushaltestelle: *Hey man, ich würde echt gerne nen*

Zug abhaben!

Bisher ließ sich die Einsamkeit einigermaßen ertragen. Spätestens am Wochenende konnte ich sie besuchen und wir würden Unfug treiben… außerdem ließ ich es mir nicht nehmen, ein bis zwei Mal im Monat, gerade so oft, dass es nicht auffiel, meine alte Schule zu besuchen, morgens genau in den Bus einzusteigen, der mich in die entgegengesetzte Richtung brachte. Wen juckte das schon. Wie gesagt, die Einsamkeit und das Drangsaliertwerden auf der neuen Schule war irgendwie zu ertragen, man konnte es verkraften, an den ewig langen Schultagen… doch seit meinem oberpeinlichen Auftritt hatte ich die letzten drei Einladungen zu einem rauchdurchdrungenen Wochenende auf dem Sofa von Niklas ausgeschlagen.

Blei an Hand und Fuß. Die Leute wollten nichts mit mir zu tun haben. Als hätte ich etwas Ansteckendes, zog sich ein großer Radius um mein Selbst, der Leute entweder extrem aggressiv werden ließ, Personen wie magnetisch abstoßen konnte, oder bewirkte, dass sie durch mich hindurchsahen. Diese Art von geisterhafter Unsichtbarkeit schien sich vor allem abseits meines Gebäudetraktes und in der Stadt einzustellen.

Und so fiel mit den braun gewordenen Blättern der dem naturkreislaufmäßigen Dikat des Herbstes unterworfenen Bäume auch meine Selbstachtung zu Boden und wurde wie das Laub gleichgültig zerlatscht… und weggeweht.

Fünftes Kapitel

Wieder linste mich die Buddel an. Das zischende Ploppen eines Kronkorkens, der Auftakt zu einer den Flaschengeist wie meine Wenigkeit befreienden Symphonie auf das Leben! Aufs Gebären und Verenden, aufs Lernen und Vergessen! Nur die Schaufensterscheibe des Gemischtwarenladens hielt mich noch von der Flüssigkeit fern, und vielleicht das dunkelgrüne Glas der Flasche selbst! Sonst noch was? Die letzte Unterrichtseinheit, Mathematik!? Was hatte ich nicht alles schon an naturwissenschaftlichen Grundlagen verpasst, ich kapierte inzwischen überhaupt nichts mehr… sollte ich nicht doch lieber hingehen, statt schon wieder zu schwänzen und mich dem Trinken hinzugeben? Seit letztens konnte ich nicht mehr genug davon bekommen, es machte, dass es endlich aufhörte mit dem Trübsalgebläse, wie geil war das denn!? Ich sollte trotzdem wirklich… wieder zur Schule zurück für die letzten beiden Stunden…

NAJA. DRAUF GESCHISSEN!

Die Ladentür knarzte, eine Klingel kündigte mein Erscheinen an, nass, durchfroren und angepisst an diesem Mittwoch, morgens um halb zehn. Da ich dem Mann mit der Verkaufsschürze hinter der Theke ein Bier abkaufen wollte, behandelte dieser Mensch mich ausnahmsweise einmal nicht wie einen Geist… im Gegenteil, er brummte sogar streng:

„Junger Mann! Dat is doch nu noch'n büttn früh für'n Astra, nech!?"

Ich schwafelte bestimmt:

„Nu joa, Lehrermangel, se wissen ja, ham se bestimmt schon von jehört! Ne, die sind denn… die Feierabendbiere von meinem Vaddi, der;...“, ich schaffte es nicht, meinen Vater in eine Notlüge zu involvieren, „… nu, also, eh… also Feierabendbier für nachher, nach meinem Schülerjob… ich soll… ich soll Zeitungen ausradeln am Arsch der Heide… ALSO VERKOFEN SIE MIR JETZE NU DAS BIER, ODER WAS!?“

„Ist ja gut. Sie müssen nicht gleich laut werden!“, entgegnete der Mann mit den Schweißperlen auf der Stirn aufgebracht.

„Stimmt ja. Entschuldigen Sie bitte.“

Verwundert, warum ich so laut geworden war, machte ich auf der Stelle kehrt, und ließ die paar Pfennig Restgeld wieder in meine Tasche gleiten. Mit Elan und plötzlich merkwürdig gelassen schlenderte ich aus dem Laden heraus. Bei der Tür öffnete ich dann bereits beschämt grinsend das Bier, worauf der Verkäufer heftig den Kopf schüttelte. Die Tür schlug hinter mir zu. So weit, so gut! Unmittelbar sofort stieg mir aus dem prickelnden Gerstensaft ein malzig herber Duft in meine Nase, die olfaktorischen Signale gelangten bis in mein limbisches System hinein, drangen bis ins Knochenmark. Mein vorfreudig-feuchter Gaumen konnte es kaum erwarten…
Ich begann wirklich sehr, sehr schnell sehr, sehr doll Geschmack daran zu finden… Zwar vertrieb es den Kummer eigentlich nicht, sondern ließ mir nur die Sinne ertauben, so, dass der Weltschmerz kurz einmal nicht mehr brennend ins Herz schnitt… aber als ich in den letzten Tagen wiederholt in König Alkohols Hoheitsgebiet verweilt hatte, erkannte ich die vielen

Vorteile. Hatte doch noch vor wenigen Wochen all das erlebte Leid und die Abscheu vor dem erbärmlichen Häufchen Elend, zu dem der Suff unseren Vater transformierte, dominiert, die Einstellung eines kleinen Jungen, dem nie das Warum einleuchten wollte, dessen Lust, die giftige Flüssigkeit auch nur anzurühren, verschwindend gering, gen Null tendierend war, war nach der ersten richtigen Kostprobe alles anders. Einmal Blut geleckt, war die Fährte aufgenommen!

Der erste Schluck: - eine wonnige Explosion! Die schleierhaften Vorhänge wurden aufgeschlitzt, beziehungsweise einen Spalt breit geöffnet. Zwar ging es mir nicht wirklich besser, aber es wurde mir alles egaler. Der Regler wurde heruntergedreht.

Gluckgluckgluck. Gluckgluckgluck. Gluckgluck-Glück!

Mir wurde warm, meinem Rückenmark wurde kurz vorgegaukelt, dass es nicht grade am Verkümmern war, wie eine sanfte Umarmung, eine simple Streicheleinheit… gluckgluck, ruckzuck, die Buddel leer. Ich konnte damit wirklich nicht umgehen!

Zack! ZISCH! – *Gluckerdigluck. Gluck! Gluck! Gluck!* Ah.

Oh… hätte ich nur mehr, so langsam sollte ich etwas langsamer und genussorientierter schlürfen! In dem Tempo wäre noch vor der Bushaltestelle die zweite Flasche leer…

Zügig watschelte ich zum Bus, nur noch mein Bier im Auge behaltend, mein kühles Nass, diese herrlich erquickende Bandage für die Seele. *Fantastisch!*

Fast wäre ich in sie reingelatscht…:

„Hey, Maximilian, pass doch auf!“, rief Marleen entrüstet, und hob ihre vor Schreck heruntergefallene Handtasche auf.

„Upps, schuldigung, Marleen! Tut mir echt leid.“, platzte es aus mir heraus. Sie strich sich eine Strähne aus ihrem Gesicht und fragte verunsichert:

„Was machst du hier? Fällt Mathe aus?“

Wo zum Geier kam sie denn nun her!? Könnte ich sie ja auch fragen. Ach ne, sie hatte ja Kunst als Wahlfach, während ich Trottel Elektrotechnik gewählt hatte, Frau Jaspers war krank die Woche, Kunst war ausgefallen…

„Öhm, ich also, ne…“, (…mit Mädchen reden, und dann mit so wunderschönen, darin war ich wirklich ungeübt.) „…Mathe findet schon statt, nur… nur halt… nicht bei mir.“

„Aha, verstehe!“ Halb abschätzig, halb bewundernd über meine rebellische Ader verzog sie ihre Lippen, und funkelte mich mit ihren himmelblauen Augen an, Fenster zu einer Seele, die einladend offenstanden.

„Na du bist ja einer!“

Unschlüssig, dass der breite Radius sie nicht magnetisch abstieß, sie auch nicht gemein wurde oder durch mich hindurchsah, unterdrückte ich ein Rülpsen und versuchte, nicht ganz so angedudelt zu klingen:

„Tut mir echt… waaaahnsinnig leid, wollt‘ dich nich… umrennen, Marleen, ick war nur…“

„Unkonzentriert! Jaja!“ Sie verwies auf meine halbleere Flasche, ein Ausdruck leichter Belustigung über mein Saufgelage am Vormittag mitten unter der Woche zierte nun ihre hinreißenden Gesichtszüge. Beim Lächeln entstanden Grübchen, die mir so im Unterricht nie aufgefallen waren… generell stand ich zu nah in ihrem von Anziehungskraft aufgeladenem Feld…

„Du kannst mich ruhig Leni nennen.“, bot sie mir an, sich dennoch nach allen Seiten umdrehend, um sicherzugehen, dass niemand uns zusammen sah. Freundlich überrascht und dankbar entgegnete ich:

„Oh, alles klar, wow, danke! Hey, Leni, jo.“

„Ich habe eigentlich nichts gegen dich, kann nicht genau begreifen, warum alle so gemein zu dir sind…“, begann sie zögerlich.

„Ist schon in Ordnung.“, beschwichtigte ich sie. „Und du, du kannst mich auch Maxi, oder Maxe nennen, wenn du willst!“ Irgendetwas wollte ich noch hinzufügen, wie konnte ich ihr nur…

„Mein Vater trägt auch so manchen Orden!“, erzählte sie vielsagend. „Ich werde denn mal…“

„Alles klar, Leni! Tschüss, Leni! *Bis morgen, Leni!*“, jubelte ich ihr zu, und winkte ihr fuchtelnd und weit ausladend.

„Ja, also gut. Bis… morgen!“, antwortete sie zögerlich mit

einem Lächeln, das leicht ins Spektrum des Gekünstelten hineinreichte.

Mit offener Kinnlade starrte ich ihrem heißen Fahrgestell hinterher und ihren herumwehenden, blonden, verlockend-lockigen Engelshaaren. Hätte sie nicht einen langen Herbstmantel gehabt, wäre es mir wahrscheinlich unmöglich gewesen, mit ihr zu sprechen. Marleen hatte die größten Brüste, die ich je bei einer Frau gesehen hatte, und war der Schwarm der gesamten Jahrgangsstufe. Jeder Junge verzehrte sich nach ihr, entsprang aus ihren rotbäckigen Wangen doch mancher freche Spruch, sie war ungemein intelligent und lebenslustig. Warum, in drei Teufels Namen hatte sie mich nicht wie Dreck behandelt?

Hätte sich doch die Koedukation nicht durchgesetzt, dachte ich mir, verschmitzt grinsend und heißgelaufen. Auf einem reinen Jungs-Gymnasium hätte ich das Problem mit ihren schaukelnden, jegliche Vernunft ausblendenden, dicken Eutern nicht gehabt.

Herrje, bei ihr hatte jemand wie ich doch überhaupt gar keine Chance! Bloß besser keine Hoffnungen gemacht…

(… meinem liebeshungrigen und sehnsüchtigen Herzen reichte bereits ein kleines Lächeln aus, damit ich mich rettungslos verliebte.)

Ich stapfte nach Haus, und gedachte mit der Hand zwischen den Beinen dem Schultag, an dem ihr durch das Kleid durchdrückender Busenhalter unvergessliche Eindrücke beschert hatte…

Natürlich beachtete sie mich am nächsten Schultag nicht. Ein flüchtiger Blick in meine Augen, und darauffolgend schnelles Wegsehen war alles, womit meine jüngst erwachte Schmetterlings-Fliegerstaffel im Bauchraum sich begnügen musste. Ich verkniff mir, sie zu begrüßen, wer war ich, ihren Ruf zu gefährden? Außerdem verzichtete ich auf alles, worauf meine seit dem gestrigen Tage wachgerüttelten Gefühle eigentlich bestanden hätten: Sie in den Arm zu nehmen, mit der Hand über ihren Rücken zu streicheln, sie fest an mich zu drücken und ihre vollen Lippen mit meinen zu vereinigen…; - alles unmögliche Wunschvorstellungen, Träumereien, in dieser Realität undenkbar!

Da es mir nicht so leicht war, meine Gefühle im Keim zu ersticken, war der gestrige Tag wie elektrisch aufgeladen gewesen, federleichten Schrittes hatte ich Heino ausgeführt, ihm stolz und freudestrahlend von meiner Begegnung mit Marleen berichtet. Meine Wehmut war wie weggeblasen gewesen… Umso schneller war sie jetzt wieder da, als mir eindrucksvoll bewiesen wurde, dass Träume eben doch Schäume blieben. Da die Tische in einer U-Formation aufgestellt waren, saßen sich alle mehr oder weniger gegenüber. Ihre in alle Richtungen leuchtende Ausstrahlung, das anbetungsvolle Lachen, dieser magnetische Sog zu ihrem Lächeln hin! Ihr enges Kleid! So schwierig, mit dem Blick nicht an einer inkarnierten Fruchtbarkeitsgöttin hängen zu bleiben… ich blöder Vollidiot! Als würde ich eine Chance haben! Bei *ihr…?* Die Schmach lähmte mich wenigstens ausreichend und hilfreicherweise, so dass ich einfach bedrückt nach unten auf den Tisch schauen konnte, traurig bedrückt und mit gesenktem Kopf.

Drei schmachtvolle Wochen später war unsere Zusammenkunft schon fast wieder vergessen! Ich war gerade dabei, den aus der Stummelauslese stammenden Tabak zu einer Selbstgedrehten zu formen, als unter Stuhlrücken und Jackenrascheln der Großteil der Klasse den Raum verließ. Plötzlich vernahm ich ihren engelsgleichen Stimmklang, der unter dem Geplapper und Gemurmel Tausender herausgefiltert werden würde:

„Geht ruhig schon mal, ich komme gleich nach!"

Mein Puls grenzte an Tachykardie, und meine Hände wurden verschwitzt und zittrig. Langsam hob ich meinen Kopf. Es entfernten sich gemächlich ihre Freundinnen, bis ich schließlich allein mit ihr im Raum war. Als die Tür angelehnt war, unterbrach sie ihr geschauspielertes Sachenzusammenräumen, und flüsterte:

„Hey, Maximilian!"

Och menno, du durftest mich doch Maxi nennen!

„Jaaa… ja… ah-ah!?", stotterte ich ein einsilbiges Wort.

„Versprich mir erst, dass das ein absolutes Geheimnis zwischen uns beiden bleibt!", sagte sie, sich angespannt umsehend.

„Was denn… für ein Geheimnis!? Äh türlich, türlich! Ich versprech's hoch… und heilig!"

Sie sah verlegen auf den Boden, und dann mich an, und sprach denn leise:

„Ich soll von meinem Vater mit auf so ein blödes Schützenfest am Wochenende. Da gibt's aber so lauter eklige Typen, die …äh… die wohl gerne mit mir… äh würdest du mir vielleicht… den Gefallen tun…;“

DAS WAR DOCH GERADE UNMÖGLICH!

„…den Gefallen tun, als… als… quasi als meine Abendbegleitung da mithinzugehen!?“

DAS KONNTE NUR EIN TRAUM SEIN. *KNEIF MICH DOCH ENDLICH EINER!*

„Also hör mal! Wenn du…“, begann ich mit hochrotem Kopf, „… wenn du ne Wette verloren hast, oder so…;“

„Nein Quatsch!“, entgegnete sie kopfschüttelnd. „Ich würde mich wirklich freuen, wenn genau *du* mit mir dahingehen würdest! Mein Vater ist sehr speziell und wählerisch, aber dich akzeptiert er vielleicht!“

„Aber…“, stotterte ich hilflos.

Die Klassenzimmertür öffnete sich einen Spalt breit und ein Junge aus der Parallelklasse luscherte hinein, dessen nächste Unterrichtsstunde in diesem Raum stattfinden würde.

„Morgen um 18 Uhr hinter der St. Nicolai-Kirche. Bitte sei so lieb!“, flüsterte sie, in ihrer Stimmlage und Gesichtsausdruck lag ein leichtes Flehen…

„Okay, na dann.“, sagte ich fassungslos.

Es konnte ja nur ein schlechter Scherz gewesen sein! Die finden echt immer einen Weg, mir noch ein Stück doller wehzutun! Nun war es schon zwanzig Minuten nach sechs. Dafür hatte sich das vierstündige Warten in der Stadt ja richtig gelohnt…

Na dann, ab nach Hause. Das Gefühl, Bäume ausreißen zu können, verebbte. Es zogen gerade die richtig, richtig finsteren Wolken auf, als plötzlich hinter mir Marleen rief:

„Halt! Maximilian, warte doch!“

Viel los diese Woche, womit ich nicht gerechnet hatte. Nun also doch? - … die dunklen Wolken lichteten sich.

Den Regenschirm kokett hinter den Rücken verschränkt, winkte sie kurz, und stöckelte auf mich zu.

„Ich dachte schon…;“, rief ich, errötend durch ihr betörendes Lächeln.

„Du dachtest, es wäre ein Scherz! Nein, nein… nein. Klavierunterricht ging heute etwas länger… entschuldige bitte.“, klärte sie mich auf.

Meine Seele ertrank in der Umarmung, die viel zu schnell vorbei war.

„Mein Vater wird uns gleich abholen. Eins solltest du wissen…;“, erläuterte sie etwas angespannt.

„Was denn!?“, fragte ich höflich. Sie gab zu verstehen:

„Mein Vater ist sehr, sehr streng. Vor allem, was die

Partnerwahl seiner Tochter angeht. Er denkt, dass du ein ... *guter Deutscher* bist. Weil ich mal erzählt hab, was du in Geschichte gesagt hattest. Aber trotzdem, mehr als bloßes Händchenhalten und der Eröffnungstanz der Schützengilde ist nicht drin."

Das war ja... so... unendlich viel mehr, als ich mir je hätte träumen lassen!

Quietschend und brummend fuhr schließlich ein Wagen vor, ein großer BMW. Begleitet vom Herzklopfen und mit verblendeten Sinnesorganen ging ich mit ihr auf den Wagen zu. Die Tür öffnete sich, und ich nahm nach ihr ganz rechts außen Platz. Und wurde rot wie ein Ziegelstein. Ihre Schwestern waren nicht minder Traumfrauen. Sie saßen auch im Wagen, sowie der Vater, dessen Statur und Ausstrahlung mich unmittelbar einschüchterte. Er reichte mir seine riesige Pranke von einer Hand und donnerte:

„Moin, moin! Klaus mein Name."

„Ich bin der Maximilian. Sehr erfreut.", stellte ich mich verlegen vor.

„Erika.", sagte die Blondine auf dem Beifahrersitz, sie war wohl die älteste.

„Liliane, du kannst aber Lilly sagen.", begrüßte mich die andere Schwester und hob ihre Hand.

Aha. Lily, Marleen und... Erika. Die Namen waren wohl Programm.

Er musterte mich und fuhr mit einem leicht drohenden Unterton fort:

„Schaust ja ganz anständig aus. Du bist doch anständig, oder, Maximilian?"

„Natürlich, meine Mutter hat mich gut erzogen.", antwortete ich angespannt. Es kam mir alles wie ein Traum vor. Irgendeine Art von Verwechslung oder Beschiss musste stattgefunden haben.

Wir kurvten zu einem Vereinsheim irgendwo im Landkreis Rendsburg-Eckernförde. Einmal sah ich noch kurz zu Marleen herüber, die… irgendwie… angestrengt lächelte.

Es war eine Fete mit viel Alkohol, junge Burschen in zünftiger Kleidung, und schon sehr bald begriff ich, warum und aus welchem Grund mich Marleen mitgenommen hatte. Und zwar, um die vielen Anwandlungen der plumpe Anmachsprüche schleudernden ralligen Schützenvereinsmitglieder besser abwimmeln zu können. Erika war so gut, mich bei einem Toilettengang ihrer Schwester dahingehend aufzuklären, dass ihre Schwester gar nichts für das andere Geschlecht empfand, und schon seit anderthalb Jahren eine heimliche Beziehung mit ihrer Klavierlehrerin eingegangen war. Leidtun würde es ihr um mich. Sie hatte mich extra auserkoren, weil meine Unbeliebtheit garantiert verhindern würde, dass eine unliebsame und komplizierte Gerüchteküche entstand, die bis zu uns hinein in die Schule serviert worden wäre. Da ich mir zu diesem Zeitpunkt bereits reichlich Biere zu Gemüte geführt hatte, nickte ich nur beflissen und machte mich auf den Weg, ohne mich zu verabschieden.

#Schnüff.

Wie konnte ich nur so blauäugig sein? Den Rest des Wochenendes starrte ich die Zimmerdecke an. Im Grunde genommen konnte ich ihr nicht mal allzu böse sein… mit ihrer Orientierung hatte sie es bei so einem Kerl als Vater bestimmt schwer, genauso wie mit Typen wie auf dem Schützenfest. - mit ein wenig mehr Aufklärung hätte ich vielleicht sogar ihren Alibi-Freund gespielt… hätte sie das gleich gesagt und meinem naiven kleinen Herzen nicht so viele Hoffnungen bereitet!

Auf einmal platzte Willi in mein Zimmer. Er hatte den wütenden Ausdruck völligen Unverständnisses und fuhr mich aufgebracht an:

„Ich fass es nicht! Du hast echt der einen Petersen-Tochter nen Korb gegeben!? Bist du… irgendwie übergeschnappt?"

Ich unterbrach meine Selbstkasteiung und antwortete mürrisch:

„Wer hat dir das denn erzählt? Ich dachte, Gelaber und Gemunkel seien ausgeschlossen."

„Unser Rhythmusgitarrist hat dich bei diesem Schützenfest-Dingensbums gesehen! Du hattest die Mieze mit den tierisch dicken Möpsen am Start! Und irgendwann, wo sie auf Klo war, biste angeblich getürmt! Was soll die Scheiße? Hast du kalte Füße bekommen, oder wa?"

Ich erzählte ihm die Kurzfassung:

„… und naja, ihr Vadder ist wohl eher sehr altmodisch

eingestellt, wenn du mich fragst, mindestens so'n strammer Nazi wie unser Vater, und der hat sich natürlich gefragt, warum hat meine Tochter noch nie n' Magger mit nach Hause gebracht? Wo sie doch so'ne Granate ist!? Nu joa, und da hat sie mich blöden Trottel halt ausgenutzt, hat wohl gemerkt, wie ich se angehimmelt hab, nachdem wir zusammengerannt sind."

Willi begriff, und ließ den Plan, mich aufzuziehen, sausen. Er wollte gerade das Zimmer verlassen, als er stehenblieb, sich faustreckend umdrehte und mich anpampte:

„Hey, dein Ruf ist mir scheißegal, kapiert, aber wenn du meinen Namen beschmutzt, egal wie, haben wir ein Problem? Ist das klar? Meine Güte. *Dann ist sie wirklich ne Leckschwester, wie alle gedacht haben.* Und man hat schon gemunkelt, dass du n' Schwanzlutscher bist und sie irgendnen Homo als Alibi-Verabredung mithingeschleppt hat!"

„Ach, rutsch mir doch den Buckel runter", antwortete ich trocken.

Was genau war eigentlich eine Depression, und welchen evolutionären Zweck erfüllte sie? Zumindest müssten ererbte Verhaltensweisen doch irgendwann einmal in der phylogenetischen Phase meiner Vorfahren irgendeinen Zweck gehabt haben… trotzdem eine eher beschissene Überlebensstrategie, ein Gedankenmodell, bei dem man den Mut zum Leben verlor. Oder war es wahrscheinlich eher ein neueres Problem, eine Zivilisationserkrankung, erwachsen aus den Nöten und den Reizüberflutungen unseres modernen Zeitalters? Wohl kaum, wusste doch schon Hippokrates um den Zustand der Schwermütigkeit seiner Patienten, den er „Melancholie" nannte. Irgendjemand hatte einmal geschrieben, oder gesagt, oder auf ein Kalenderblatt gedruckt, irgendwo hatte ich es aufgeschnappt, um seine eigene Erkrankung zu verstehen, und nicht zu verurteilen, sollte man sich die Depression als eine Frau in einem schwarzen Kleid vorstellen. Man sollte sie nicht abweisen, sondern hereinbitten und sich anhören, was die Dame zu sagen hat.

Aber was tun, wenn die Dame nicht mehr gehen will?

Sie hat mich seit meiner frühen Kindheit oft besucht, doch seit ca. zwei Jahren war sie Dauergast. Ich verstand natürlich die Metapher… aber das sprachliche Bild hinkte doch hinten und vorne. Also ich als Betroffener ihrer Besuche konnte sagen, dass sie ihre berechtigte Kritik schon lange losgeworden war. Blieb sie nur noch, um mich zu quälen?

Dass mein Bruder mich erst damit aufziehen wollte, stürzte mich in ein noch tieferes Loch. Vorher war ich nur wütend gewesen. Auf sie. Auf mich. Aber jetzt wurde ich daran erinnert, wie sehr ich aus dem Häuschen war, wie stolz ich Niklas am Telefon erzählt hatte, ich hätte ein Date mit der heißesten Braut des Jahrgangs…

Leere, Trauer und selbstzerstörerische Gedanken hielten meinen Geist fest umkrallt in ihren Klauen.

Ich war depressiv. Oder hatte Depressionen. War ich nun die Depression oder hatte ich sie nur?!

Was machte das schon für einen himmelweiten Unterschied?

Am darauffolgenden Montag ging selbstverständlich überhaupt nichts. Mutter hatte mich aus dem Bett gescheucht, aus dem ich morgens immer schwieriger herauskam. Meine blöde Spiegelung ignorierend, meine Hackfresse im Bad wirklich keines Blickes würdigend, ließ ich wortlos Willi herein, nahm verdrossen meine lederne Umhängetasche und schaffte es nicht einmal, Heino gebührend zu verabschieden. Wie tief musste ich gesunken sein, um ihm meine Liebe zu versagen?

So früh am Tag schon den Mut verloren, den Mut, den ich nie besessen hatte. Meine Jacke und meine Ledertasche mit den Heften und Büchern wogen sicherlich drei Tonnen.

Tränen unterdrückend schleifte ich mich zur Bushaltestelle. Eine salzig-hydrierte Netzhaut erzeugte eine ganz und gar verschwommene Sicht. Ein zerlaufendes Gemälde, farblich abgestimmt in verschiedenen Grautönen. Sonderlich achtsam überquerte ich nicht die Straße, heute wäre es mir egal gewesen, vom Auto angefahren oder vom LKW überrollt zu werden… ein brummiger Busfahrer saß am Steuer des Fahrzeuges, dass mich und die anderen Fahrgäste, überwiegend Schüler, nach Kappeln bringen sollte. Hach! Mein Morgen war schon auf vielfältige Weise verdüstert gewesen, doch die erschütterte und kraftlose Stimmlage, in der ich mein:

„Nein, ne, lieber nicht…", in die neblige Morgenluft hauchte, klang wie ein allerletzter, finaler Abgesang. Wie oft hatte ich nun schon vergeblich versucht, glücklich zu werden! Am Freitagmorgen bin ich doch regelrecht zur Bushaltestelle geschwebt! Aber nein… ich hatte schon lange damit aufgehört, ein Kind zu sein. Doch statt denselben Frühlingsgefühlen wie meine Zeitgenossen frönen zu dürfen, gab es für mich nur diese bis zur Todessehnsucht gesteigerte Niedergeschlagenheit. *Todessehnsucht?* Todessehnsucht. Kurz fragte ich mich ironisch, wie Marleen, (die ich jetzt ja auch Leni nennen durfte) meinen Tod aufnehmen würde. Andere waren das fünfte Rad am Wagen, ich ging noch ein ganzes Stück weiter: Ich war mindestens das fünfte Rad des Boots, die dritte Tragfläche des Fahrrads, oder irgendetwas ähnlich Abkömmliches. Wabernd bildete sich im Vorbeigehen in einer Pfütze die Reflexion meiner miesepetrigen Visage, dieses hässlichen Arschgesichts, dieser Fresse zum Reinschlagen. Kurz blieb ich stehen, und griff den Pfützen-Maximilian scharf an:

„Geh sterben, Maximilian!“

Nicht mal mein Spiegelbild hielt ich aus als menschliches Gegenüber.

„Geh sterben, Maximilian! *ABER WO ANDERS!*“

Da meine Seele höchstwahrscheinlich in tausend Stücke springen würde, würde ich heute mit ihr in einem Raum eingesperrt, entschied ich mich tatsächlich für eine andere Buslinie. Nicht, um vorrangig unbedingt am Zielort zu sterben, sondern um einen Abstecher zu meiner alten Schule zu machen.

Ich war flüssiger als Wasser. Nämlich überflüssig…

Unser Hauptquartier war ungewöhnlicherweise leer. Ich vertrieb mir in der Stadtbibliothek die Zeit, und mutmaßte, dass der fehlende schulische Ehrgeiz Bolle und Niklas sich zuhause noch einmal hatte umdrehen und weiterschlafen lassen. In der zweiten Pause war unsere Basis auch leer. Als ich im Korridor zugegen war, in dem Bolles Klassenzimmer lag, vermisste ich ihn im zum Schlussgong ausströmenden Schülerstrom…

Na toll…!

Dann mal wieder nach Hause…

…fleißig die Tapete anstarren…

Vielleicht ein Bierchen dazu?

…oder zwei?

…oder drei?

…ODER VIER?

Auch am Folgetag stieg ich in den falschen Bus, der sich jedoch für mich wie der einzig richtige anfühlte. Vorsorglich hatte ich in meinem Entschuldigungsheft eine ganze Woche „Urlaub" eingetragen… obwohl das mit dem *krank sein* gar nicht so gelogen war…

Diesmal verrieten verräterische Rauchschwaden, die hinter dem Geräteschuppen hervorwaberten, dass jemand anwesend war. Vor Schreck prustete Niklas seine Limonade aus. Er rief überrascht:

„*Maxe…!* Alder, wat machst du denn hier!? Dat is ja n' Ding!"

„Ich schwänz mein Leben.", antwortete ich kurz und knapp.

„Soso!", entgegnete Niklas belustigt. Dann fragte er irritiert:

„Sech mol, wat ziehst'n du überhaupt für'n Gesicht? Ick dachte, du wärst am Wochenende deine Jungfräulichkeit losgeworden, und das auf spektakuläre Art und Weise? Bei dieser… Maren… oder hieß sie Lena?"

„*Scheiß auf diese Marleen!*", knurrte ich wütend.

„Ich bin wohl grade offene Türen eingerannt! Nee, sonderlich triumphal kuckst du wirklich nicht aus der Wäsche! Hier, nimm erstmal n' Zug…!"

Dankend nahm ich sein Rauchwerk entgegen. Einen tiefen Zug später nahm meine Angst, vor Scham im Boden zu versinken, um ein Quäntchen ab. Wie nach dem Gespräch mit Willi war die externe Bestätigung, dass ich nicht alles nur geträumt hatte, ein schmerzhaftes Finger-in-die-Wunde-legen. Leise und kraftlos wisperte ich:

„Lass mal abhauen, und zu dir!“

Niklas strich sich mit den Fingern übers Kinn, seine altbekannte Denkerpose, die ich im Moment so oft missen musste. Er sah angestrengt nach oben, bestimmt suchte er in seinem Sieb von Gedächtnis nach der Information, ob seine Mutter schon zuhause war.

„Boah... das ist ne astreine Idee, wirklich! Hab gleich Chemie bei Herrn Brückert! Da wollte ich eh, nennen wir es mal... salopp gesagt... *deeskalativ* arbeiten, wenn du weißt, was ich meine!“, erklärte er sich zwinkernd einverstanden.

Ich verstand. „Deeskalation“, so nannten wir entweder frühmorgens unsere Strategie, den Schulstress um ein, zwei Stunden hinauszuzögern, oder gleich ganztägig abzublasen, oder die letzten zwei bis vier Stunden zu stornieren. Die Stornierung war das allerhäufigste Deeskalationsverfahren.

Nach dem klirrenden Umstoßen unserer geliebten Wasserpfeife „Lucille" war auch die eher bauchig geformte „Miss Molly" der substanzinduzierten Unachtsamkeit zum Opfer gefallen. Das neueste Rauchgerät trug den Namen „Long-Tall-Sally", und bestand aus einem übertrieben langen, abgesägten PVC-Rohr.

„Dieses dumme Arschloch kann mir doch eh gar nichts mehr beibringen. Versteh doch ohnehin mehr von der Materie, alder. Hier, zum Beispiel: Dat Material ist der neueste Schrei in der Sanitärtechnik.", fachsimpelte Niklas mit knallroten Augen.

Selbst Extremsportler wie Höhlentaucher hätten niemals im Leben das erforderliche Lungenvolumen aufgebracht, um dieses Haubitzengeschütz von einer Wasserpfeife in einem Zug durchzurauchen. Ich hustete, und nickte nur.

„PVC, ALDER! Polyvinylchlorid! Richtiges Astronautenzeug, der Kunststoff hier! Wird bald überall Standard sein. Neben Polyethylen und …Prop;… äh Polypropsilon, halt… und Polypropylen das drittwichtigste Polymer für Kunststoffe. Es wird durch radikalische Kettenpolymerisation erzeugt, und zwar…;"

Ich verstand nur Bahnhof… keine Ahnung, wie er das Ganze in seinen bekifften Schädel hineinbekam!

„…L-chloriertes hat ja dann einen sogenannten Wärmeausdehnungskoeffizienten von 60-70…;"

Aha.

„… auch bei geringerer Wärmeleitfähigkeit…;“

Soso.

„… wahrscheinlich ist der Ausgangsstoff, hier, dat Vinylchlorid, möglicherweise karzinogen, also krebserregend…;“

Zum Glück war der Tabak da ja völlig unbedenklich…

„… und steht im Verdacht, zumindest bei Ratten ab einiger gewissen Dosis Unfruchtbarkeit zu verursachen…“

„VERSTEHE! Wir haben jetzt eine… unzerstörbare Pfeife!“, unterbrach ich ihn.

„Naja, was heißt unzerstörbar… ich meinte doch, ab einer Temperatur von…;“, erwiderte er, aus dem Konzept gebracht.

„Schon gut, man! Ich mein ja nur, Kunststoff, bruchfest und idiotensicher!“, lenkte ich ein. Irgendwie war ich trotzdem sehr dankbar für jegliche Art von Ablenkung. Alle Arten an Zerstreuung waren mir willkommen, auch so ein Exkurs in einen Chemievortrag. Trotzdem wäre mir an einem Gesprächsthema gelegen, bei dem ich mitreden konnte. Ihm schien das nicht entgangen zu sein, und er kam auf ein anderes Thema zu sprechen:

„Wie findest du die Platte? Ich meine, du hast doch heute den Blues oder nicht?“

Eine kreischende, sich in den Äther erhebende, die Welt

anklagende elektrische Gitarre erklang aus den Lautsprechern. Die archaische Verzweiflung und Ausweglosigkeit, die dort in den Himmel emporschrie, konnte ich heute wirklich bis in die Knochen nachfühlen.

„Wie heißt der Interpret?“, fragte ich ehrfürchtig. „Ob du's mir jetzt glaubst… oder nicht, die Gitarrenimprovisationen des Liedes sprechen mir aus der Seele.“

„*Howlin' Wolf*. Name ist Programm, nää. Ja, auf der Scheibe sind n' paar eeeeecht, echt wilde Solis mit drauf. Geht vom Instrumentalen gut ab, wa?“, tat er kund.

Ich schlich sediert zum Plattenregal, und nahm jene leere Hülle in die Hand, die oben auflag. Sofort wurde ich von den Augen eines locker zwei Meter großen Schwarzen eingenommen., in dessen Blick Wildheit, Lebenslust aber auch eine tiefe Traurigkeit wohnten.

„Jo, kann mir gut vorstellen, wie der Typ den Mond anheult.“, gestand ich respektvoll.

Da das Inhalieren von Verbrennungsprodukten der Hanfpflanze stets einen großen therapeutischen Effekt erzielte bei der Linderung des krankhaft - niedergeschlagenen Verzweiflungsgefühls, fragte ich Niklas:

„Was ist, sollen wir unsere Long-Tall-Sally nochmal durchknattern?“

Niklas runzelte die Stirn und lachte laut los. Dann boxte er kumpelhaft gegen meinen Arm und witzelte:

„Ey, Jonge, so wie du dat gesagt hast, klingt dat, als würdest du mich nach nem Dreier mit mir und ner schlaksigen großen schwarzen Mutti fragen!"

Ich resümierte und musste schmunzeln. Zum Lachen war ich schon längere Zeit nicht mehr imstande.

Niklas und ich? Dieselbe Frau? Was ein abwegiger und lächerlicher Gedanke!

„Weeßte was, du kannst de Sally ruhig ganz für dich alleene haben, ich stehe mehr so auf süße, kleene Blondinen.", erklärte ich belustigt. Er entgegnete grinsend:

„Da hab' ich auch mehr Aktien drin."

Dem präferierten genetischen Phänotypus zum Trotze, zogen wir uns aufs Sofa zurück, und *besorgten es Long-Tall-Sally für den Rest des Nachmittags so richtig...*

Am nächsten Tag war nur Bolle anzutreffen in unserem Geheimtreff der Ausgegrenzten und Verbannten. Wie schon damals bei unserem Kennenlernen ruhte er schnarchend auf einer Auswechselbank. Ich tippte ihm auf die Schulter. Sein verärgert-verschlafenes Gesicht wandelte sich sofort in Erstaunen und freudige Überraschung. Scheinbar konnte er genauso schnell aufwachen wie einschlafen…

„Oah, was machst'n du hier? Dachte, du hattest letztens n' Techtelmechtel mit der heißesten Braut der Schule, und es wär' da jetzt angenehmer?“

Ich begnügte mich mit der Kurzfassung. Es immer wieder realisieren, dieses mit dem Finger in der Wunde herumrühren, war einfach nur erschöpfend und schmerzhaft.

„Weißt du…“, begann ich leise und niedergeschlagen, „manchmal beschleicht mich der Gedanke, der einzige Grund, warum ich auf der Welt bin, ist… damit andere etwas haben, worauf sie herabschauen und spucken können, so'n Hanswurst, über den man sich lächerlich machen kann.“

„Das ist nur deine… Depression!“, erklärte er.

„Meine… meine was?“, fragte ich verwirrt. Er hatte wieder diesen Diagnostikerblick.

„Du hast eine psychische Erkrankung, man. Maximilian, der Grund, warum du hier bist, dürfte wohl eher darin bestehen, dass das Gesäß deiner Mutter den Paarungstrieb deines Vaters animiert hat, und sie von allen Verehrern gerade seinen Pheromonen den Vorzug gewährt hat. Die konnten sich gut riechen, verstehste!? Naja, und irgendwann kamst du halt bei raus."

Bolle wartete mal wieder mit bestechender naturwissenschaftlicher Logik auf. Er holte etwas aus seinem Ranzen. Ein riesiger Schinken eines Fachbuches. Eugen Bleuler. Psychiatrisches Lehrbuch.

„Manchmal schmökere ich echt gerne in den Fachbüchern von Vaddi. Das erklärt nämlich oftmals so einiges, haha! Hier, schau mal! Wusste, dass ich das schon mal irgendwo gesehen habe!"

Er zeigte auf eine Fotografie eines Patienten mit verzweifeltem Gesichtsausdruck. Und legte den Finger auf die besorgt aufgestellte Augenbraue.

„Du hattest haargenau dieselbe Mimik, als Niklas dich hier angeschleppt hatte, dein Mienenspiel war exakt wie bei dem Spezi hier, siehste? Mit der charakteristisch aufgestellten Augenbraue unter den Sorgenfalten."

Ich erschrak fast bei dem Anblick, als kurz hochkam, was ich so viele Jahre verdrängt hatte! Das war ja haargenau die Position der Augenbrauen, die Willi und mir als Kindern Auskunft gab über den Grad der Niedergeschlagenheit unseres Vaters… ich musste unbedingt mehr darüber erfahren!

„Dürfte ich dieses Lehrbuch vielleicht einmal ausleihen?", fragte ich, auf einmal noch sehr viel mehr betrübt.

„Alles klar, aber diesmal… lass die Hand in der Hose,

klar?“

Er lachte. Fast steckte er mich sogar damit an. Doch die Freude war nicht mehr abrufbar. Trotz allem schwenkte ich auf dem Nachhauseweg meine lederne Umhängetasche energisch hin und her. Mir war, als trüge ich einen verlorenen Schatz nach Hause, oder wäre im Besitz streng geheimer Regierungspapiere gekommen. Welch wichtige Fracht dort drin war! Man konnte dies alles hier womöglich erklären, was seit Jahren mit mir vor sich ging? Das hier war eine Krankheit? Kein unaufhebbarer Fluch, der mich von innen auffressen würde? Mich komplett aushöhlen würde, bis mir aus lauter Verzweiflung auch nur noch der Freitod übrigblieb, wie bei meinem alten Herrn?

Ein unbekannter Lichtblick am Ende des Tunnels war erschienen, nicht aus Hoffnung bestehend, nein, es war kein direktes Richtungsweisen in die Freiheit, sondern ein Strahl des Wissens, sozusagen. Ein Lichtkegel der Vernunft, der tief in dunkelste Höhlen hineinreichte, der das Ausmaß und den Durchmesser des Düsteren klar umrissen sichtbar zu machen imstande war!

Sechstes Kapitel

Einige Wochen später ging ich schon nicht mehr ganz so hart ins Gericht mit dem Pfützen-Maximilian, wenn sein trauriges Gesicht mir wabernd vom Bürgersteig entgegensah. Als mich an irgendeinem bitterkalten Novembertag mein fröstelndes Ebenbild mit traurigen Augen ansah, begegnete ich ihm mit fast so etwas wie Verständnis… jedenfalls überwog der Selbsthass nicht mehr derart, dass ich ihm am liebsten eine reingehauen hätte…

Das Buch hatte alles verändert! Wie bekannt mir alles darin vorkam! Die Tendenz, morgens nicht mehr aus dem Quark zu kommen, dass jeder Schritt immense Kraft kostete, diese Antriebslosigkeit einer auf Sparflamme laufenden, schlecht geölten Maschine, alles Krankheitssymptome! Oder die neben den erlahmten Affekten dauerhaft bestehende Niedergeschlagenheit, diese Folterkammer von Gefühlskabinett, die Tag und Nacht unerträglich machte, ein Symptom! All diese mannigfaltigen symptomatischen Auskleidungen desselben Übels verspürten auch andere!? Was allein die Tatsache bedeutete, dass ich damit nicht allein war!

Absatz für Absatz fand ich mich wieder in den kleingedruckten Lehrtexten über Symptomatik und Krankheitsentstehung. Dass Vererbung eine sehr große Rolle spielte, war klar, und nicht von der Hand zu weisen. Auch der Verweis auf den sich nachziehenden Rattenschwanz an Folgeerkrankungen wie etwa Alkoholismus war schon bezeichnend, wie ich fand. Auch dieses Detail deckte sich außerordentlich gut mit meinen Erfahrungen…

Ich trank immer häufiger immer mehr. Schule und soziale

Kontakte vernachlässigte ich bis aufs Äußerste. Schon bald hatte ich Wein für mich entdeckt... private Lieblingsbeschäftigung wie das Gitarre-Spielen oder das Vergraben meiner Nase in einen der großen Literaturklassiker gaben mir nichts mehr. Freude unabrufbar... wie damals mit sechs Jahren, als mir das Malen und die Bauklötze keinen Spaß mehr machten... Mutter war schon zur Arbeit, und Willi führte gerade Heino zu seiner Morgenrunde aus. Und so saß ich allein morgens am Küchentisch, paralysiert vor Ängsten, die die nähere oder entfernte Zukunft betrafen, verkatert vom Rotwein, und starrte katatonisch auf die tickende Uhr. Das war ja aber auch schon so ein Ding mit der Zeit! Verging oder verstrich sie nun? Oder kam die Zeit einfach? Nebenbei, wäre eigentlich nicht gerade die Zeit gekommen, langsam zur Bushaltestelle zu latschen? Blieb noch etwas Zeit übrig, konnte ich mich womöglich erdreisten, davon noch einen kleinen Rest zu behalten? Füllte oder leerte sich das Stundenglas?

In dem Moment, in dem sich das Stundenglas komplett gefüllt hatte, wurde es auf eigentümliche Art und Weise sogleich wieder geleert, hmmm... verblüfft sah ich auf die Uhr, wie das Ziffernblatt quasi zur Füllanzeige der Minute wurde, die immer wieder aufgefüllt wurde, und in dem Moment des potenziellen Überschwappens, als die letzte, die sechzigste, das Glas vollmachte, wurde es wieder auf den Urzustand, aufs Nichts, auf den Nullpunkt zurückgestellt. Die erste und die letzte Sekunde der Minute, untrennbar verwoben, Nachbarn der gleichen Art, und doch grundverschieden...

Dass Ausgeliefertsein innerhalb von Raum und Zeit, und das auf Heil und Verderb, es blieb mir ein Mysterium. Mit meinem primitiven Verstand nicht messbar, daher nur *illusorisch,* als eine Art Strahl konstruiert. Ein Lineal, an dem man sein Leben lang entlangwanderte. Freilich waren die unzähligen Vorfahren, einige Jahrzehnte wie Jahrhunderte Zentimeter weiter hinten von meiner jetzt existierenden Zeitachse genauso wenig sichtbar, wie alle Nachfahren, die noch unmittelbar von Enkeln und Urenkeln gezeugt werden würden. Und doch waren sie einmal da gewesen. Dasselbe Lineal etwas früher entlanggewandert. Und dann, irgendwann, auf einmal nicht mehr. Von der einen auf die andere Sekunde nicht mehr. Waren wir nicht alles Gefäße, die vollliefen, während ihre Zeit ablief?

Na toll. Jetzt hatte ich den Bus verpasst…

Als der erste Schnee fiel, war diese Marleen auch fast schon wieder vergessen. Doch der Geisteszustand, ein von Weltschmerz und Selbstbemitleidung gekennzeichnetes Debakel, blieb bestehen. Viele Jahre über hatte sich dieser die Perspektive verdunkelnde Virus eingenistet in meinen Kopf, sich immer weiter wie ein Bandwurm ins Hirn gefressen, bevor er dann sämtliche Funktionen meines zentralen Nervensystems übernommen hatte. Mir war, als würde er den Großteil der Funktionen einfach abgestellt haben. Die restliche Kapazität an Nervenbahnen wurde dafür verwendet, mir das Denken, Fühlen und Handeln einzuschwärzen.

Mutter war wohl genauso überfordert, wie sie es mit unserem alten Herrn gewesen war. Selbst Wilhelm schien aufzufallen, dass ich „den Blues hatte". Genau dann sollte man spielen, tönte er. Das sei der beste Treibstoff für diese Schiene, wo doch der Rock'n'Roll mit Wut und überschwänglicher guter Laune betrieben wurde. Schön für ihn, dass der Blödmann noch die Energie besaß, sein Instrument überhaupt in die Hand zu nehmen. Mir schien, wenn wir über schlechte Laune sprachen, redeten wir beide nicht von demselben Thema.

Mutter klopfte behutsam, öffnete langsam die Tür und fragte besorgt:

„Was is'n los, mei Gung!? Jetze sind doch Ferien, und du hockst a nur wedder zuhause rum! Willst… du…net amol deene Freunde besuchen, en Niklas und'n Bolle?"

„Nein, dies ist nicht geplant!", brachte ich gerade so heraus. Mir wurde plötzlich in der Brust ganz eng.

„Ober du kannst doch net de ganze Zeit hia alleene rumsitzen, und Däumsch'chen drahn, Maxe. Du bist doch noch e ganz jungscher Kerl, meen Kleener. Geh hold amol naus und genieß dei Leben!"

„Für misch gibt's da heraußen ober nüscht!", antwortete ich knatschig. In Gesprächen mit meiner Mutter konnte ich auch nie etwas dagegen tun, ihren sächsischen Dialekt aus unserer Heimat zu spiegeln. Sie stemmte die Hände in die Hüften, und lachte kopfschüttelnd, fast schon abfällig hinter dem Podest ihrer mütterlichen Lebenserfahrung und meinte:

„Och, jetze kimm schu, du kleener Stift, wos weeßt'n du überhaupt, was es net alles auf der Welt gibt, he!? Wort erst amol ab, bis du deene erste große Liebe kennenlernst, wenn du das rischtige Mädl triffst."

Da war er wieder, der Finger in der Wunde! *Autsch!*

„Nee, für misch findet sich garantiert gorkeene!", plärrte ich verzweifelt.

„Ach, ge, wie sacht man so scheen!? Uff jeden Topp' passt irgendeen Deckel!", übergoss sie mich mit Volksweisheit.

Ich tat schwer daran, dem Glauben zu schenken. Hätte ich doch nur gewusst, dass es nur noch wenige Wochen waren, bis *sie* in mein Leben treten würde.

Auf Niklas sechzehnten Geburtstag durfte ich natürlich trotzdem wirklich nicht fehlen! Schon im Vorfeld ziemlich angetrunken, torkelte ich über die Einfahrt, Fahrräder, Mopeds und zwei Autos standen dort geparkt. Kurz hielt ich vor einem gelben Käfer, und band mir noch einmal die Schuhe zu...

Dass die Klassen auf dem Gymnasium neu gemischt wurden, hatte für Niklas und Bolle, die nun in eine Klasse gingen, die Zeit der Ausgrenzung und des Drangsaliertwerdens beendet. Ihre neuen Klassenkameraden waren wohl nicht ganz so verblödet wie die davor, außerdem hatten beide wohl außerhalb unseres Schulortes viele Bekannte kennengelernt. Ich wusste nur zu gut, dass man nur einen Landkreis wechseln musste, um in einem Soziotop zu sein, welches die Beliebtheitsskala von dem Wert 0 auf die 10 heraufskalieren konnte, so unterschiedlich waren die Menschen.

Auch dass Niklas im Garten und in ausgewählten Plätzchen irgendwo in der Wildnis diverse Exemplare des indischen Hanfs anbaute, ganz und gar prächtige Nachtschattengewächse, und ihre leckerriechenden Blüten auch gewerblich weiterveräußerte, hatte ihm und Bolle einen gewissen Beliebtheitsgrad eingebracht.

Mir war zwar gar nicht nach Leuten, aber was soll's! Eigentlich hätte ich mich lieber allein zu Hause weiter betrunken...naja, drauf geschissen. Ich klingelte:

Ding-Dong... ein Mordslärm drang bereits nach draußen. Scheinbar hatte Niklas wieder einmal sturmfrei. Irgendwo hinter der Tür konnte ich sogar sein schallendes, irres

Lachen hören. Die Tür ging auf. Lautes, wildes Swing-Orchester-Blasmusik-Getröte, Rauchschwaden und Gläserklirren, sowie kunterbuntes Durcheinandergerede gebaren schließlich einen unter Substanzeinfluss stehenden Jugendlichen, der verkleidet war, ein Bettlaken wie eine Tunika trug, und der nun ratlos vor mir stand. Angetrunken und stoned schaute er mich noch eine Sekunde an wie ein Auto, und rief dann ins Haus hinein, als endlich der Groschen fiel:

„Hey, ey… Nick! Hier is… hier is dieser Maxe, der… der damals aus der 9b, weissu… !?"

Dumpfen Schrittes kam jemand näher. Der Typ in seiner Tunika latschte angestrengt schauend wieder ins Innere, dafür trat wankend Niklas höchstpersönlich ins Bild. Seine Birne war knallrot, er trug ein Kettenhemd, einen Helm und Teile der Ritterrüstung, welche eigentlich zur Wohnzimmerdekoration des Hauses gehörte. Dazu hatte er ein Tischtuch als eine Art Umhang als Ergänzung über die Schulter geworfen. Er zog an einer Haschzigarette, es war ihm gleich, dass er alles voll aschte und sein Bier verkleckerte, als seine Augen aufleuchteten, und er mich zu sich heranzog. Er klopfte mir auf die Schulter und begrüßte mich mit den Worten:

„CHIJOOO, MAXIMIIIIIIIIIIIIILIAN VON UND ZU AHNERTHAUSEN!? Welche Ehre! Willkommen in unserem kleinen Hofstaat! Aber erwarte bitte heute keine staatspolitischen Entscheidungen biblischen Ausmaßes von mir, ick hab' nämlich schon ordentlich een' im Kahn!"

Er lachte schrill, klopfte sich gegen den metallisch

scheppernden Schädel und zog mich ins Innere. Ein derart wildes Treiben hatte ich hier noch nie erlebt! Es wurde getanzt, im Flur, in der Küche und im Wohnzimmer, kreischende Weiber wirbelten von ihren Tanzpartnern umhergeschleudert durchs Haus, so dass manches zu Bruch ging! Die Leute auf der Feier begossen sich wie nichts Gutes, einige lagen schon auf dem Fußboden. Überall kreisten Tüten, inmitten des Flures badete irgendein Kerl in einem Waschzuber, und ließ sich eine Flasche Wein schmecken.

„Komm, nimm erstmol n' Beer, mein Freund! Aber nich, dass du nachher wieder säufst, bissu platzt, ne!? Omas Lakritzlikör heben wir uns lieber auf!", verkündete Niklas, den hier alle nur noch „Nick" nannten, und machte mir eine Buddel auf.

Im Wohnzimmer war dann auch mein überaus geschätzter Bolle auszumachen, im Sessel versunken, mit knallroten Augen. Er hatte sich eine Augenklappe aufgesetzt, und trug ein Billard-Dreieck so auf dem Kopf, dass es wie ein Dreispitz aussah. Dazu fuchtelte er mit einer Deko-Steinschlosspistole herum, spannte den Hahn, zielte grinsend auf mich und drückte ab. Zwei andere Spaßvögel trugen durch die Stube sausend mit den Zierwaffen der Wand einen Fechtkampf aus. Bolle wirkte wie weggetreten, da war sicherlich mehr im Spiel außer Alkohol und Cannabis! Aufstehen und mir die Hand geben, geschweige denn mich richtig zu begrüßen, war wohl bereits nicht mehr so ohne weiteres drin. Er kam dann auch gleich zur Sache:

„Hab' letztens bei Vaddi n' Rezeptblock gefunden. Frag nich, wie. Hier… nimm erstmal eine! Aber mit diesem

Mittelchen im Blut darfst du auf keinen Fall wieder das Bier leersöpn, kapiert? Da hörste nämlich mit dem Atmen auf dann.“

Er schüttelte etwas aus einer Medikamentenpackung. Ich nickte. Um dazu zu gehören, dröhnte ich mich ordentlich zu. Einen kräftigen Schluck Bier später war das Pharmakon eingenommen, und ich nahm den Joint von einer der Schnapsleichen auf dem Sofa entgegen. Er gab ihn mir sehr aufdringlich weiter, fast panisch, so als ob er keinen einzigen weiteren Zug mehr vertragen würde, ohne sich übergeben zu müssen. Ich bezog den schmalen Streifen Sofa neben Bolles Sessel, und rauchte mir erstmal einen rein. Das Bier war ruckzuck geleert, und ich beschloss, dass das Nächste, und das Übernächste, welches ich schlauerweise vorsorglich schon mal mit holte, erstmal genügen müsste, eigentlich. Keine Viertelstunde später waren sie beide leer und ich machte mich auf den Weg, Nachschub zu besorgen, und der randvoll gefüllten Blase Tribut zu zollen. Huiuiuiuiiii…! Ich musste schon sagen, dieser wattebauschartige Kokon, in das mich die Morphin-Tablette gepackt hatte, es hatte wirklich ganz schön Seegang. Aber wohlig und warm war mir vielleicht, hmmm…

Irgendwelche Idioten fuhren mit einem Schlitten die Treppe herunter und beschädigten jedes Mal ein bisschen von der Wand und sich selbst. Als Niklas und mein Blick sich kurz begegneten, rief er vom oberen Stockwerk aus:

„Wat soll’n dat, du olle Spaßbremse!? Hey, man! Is doch kloar, der ganz harte Kern muss sich verkleiden! Das macht das Ganze hier doch so barock!“

Er schickte sich an, über das Treppengeländer zu klettern, scheiterte aber am Gewicht der Rüstung und dem Stadium seiner Berauschung. Den normalen und weniger halsbrecherischen Weg über die Treppenstufen nehmend, kam er laut stapfend näher, und beschloss, nachdem hinter ihm wieder krachend der Schlitten hinuntergesaust war:

„Bei dir müssen wir uns wat ganz besonderes einfallen lassen!"

Er bugsierte mich durch den Kücheneingang, vorbei an einer reizenden jungen Dame, die als Hexe verkleidet war und auf einem Besen dahinritt, im Sattelgepäck den aufgeregten, im Gesicht rot angelaufenen Weihnachtsmann höchstpersönlich. In der Küche stand eine Menschenmenge über ein Kuchenblech gebeugt, wie bei einer Wildtierfütterung, die hier der appetitsteigernden Wirkung der Hanfpflanze hoffnungslos ausgeliefert, den Apfelkuchen mit bloßen Händen schmatzend in sich hineinstopften. Vor dem Herd stand eine geöffnete Holztruhe mit Verkleidungen und Theaterrequisiten:

„Na toll!", sagte ich leicht genervt. „Da ist doch fast gar nix mehr drinne!"

Ich durchwühlte den Krempel, nahm mir eine Decke von der Größe einer Gardine, warf mir das Ding über die Schulter, und knotete es fest.

„Bissu jetz' zufrieden!?", fragte ich von all dieser Albernheit angekotzt, aber eben auch schon zu großen Teilen vom Pharmakon in einen glücklichen Brummkäfer verwandelt…

„Wie unoriginell!", rief schelmisch der Typ, der mich reingelassen hatte.

„Ja, da muss was anderes her, mit mehr Biss!", schnaufte Niklas aufgebracht und voll in seinem Element. Ich kramte weiter. Einen Cowboy-Hut erwischend, schlug ich vor:

„Hier, ich kann doch als Old-Shatterhand gehen, oder so!?"

Niklas ging gar nicht auf meinem Vorschlag ein, sondern klappte das Visier auf, und begann selbst durch das spärliche Repertoire an Verkleidungsmöglichkeiten zu wühlen. Dann brüllte er so laut los, dass er fast zusammenbrach. Er rückte seinen Helm wieder zurecht, und schmiss sich weg vor Lachen, bevor er seinen Arm ausstreckte, und etwas hervorholte.

„Nein, auf garkeinen Fall!", rief ich beleidigt.

„Doch, doch, doch… doch!", gackerte er und überreichte mir irgend so ein Ansteck-Dings, zwei Feenflügel oder Engelsflügel, oder so ein Mist! Ein Faschingskostüm von seiner kleinen Schwester, oder was auch immer, damit wäre ich der Lächerlichkeit preisgegeben!

„Ich schwöre, du musst, Maxi! Dat ist jetzt mein Geburtstagswunsch!", prustete Niklas.

„Steck dir deinen Wunsch sonst wohin, du Blödmann!", entgegnete ich entschlossen. Niklas sah mich gebieterisch an, klatschte in die Hände und initiierte eine allgemeine Abstimmung:

„Also Leute!? Wer ist alles dafür, dass der olle Kacksimilian hier die Feenflügel für den Rest des Abends tragen muss, weil… weil sonst mit sofortiger Wirkung eine Biersperre verhängt wird?!"

Meinem leeren Goldfischglas von Verstand gelang es nicht, irgendetwas dagegen zu tun, dass er mir mein fast volles Bier mopste.

Kurz sah ich in die fordernden Gesichter, dumm grinsende, bekiffte Leute. Ein todesbreiter Niklas stellte mich hier vor die Wahl: Bier und idiotische Verkleidung, oder aber nicht in furchtbar peinlichem Aufzug herumlatschen, dafür dem Spaßmotor entledigt?"

„Na gut!", sagte ich mit knallrotem Schädel, achselzuckend zur Decke schauend.

„Gute Entscheidung!", brabbelte Niklas triumphierend und überreichte mir beides.

Beim in den Spiegel gucken prustete selbst ich mein Bier wieder aus. Niklas wieherte so doll, dass er fast keine Luft mehr bekam. Alle lachten sich schief. Der Junge in der Tunika zeigte auf mich und lallte:

„Hey, warte mal! Du siehst ja aus wie… äh… wie der, öhm, von den alten Griechen, der…;"

„STIMMT!", schrie Niklas. „Stimmt, stimmt, stimmt! Alter, in dem Aufzug, mit Flügeln und dem Gewand…

siehst du aus wie… wie… IKARUS! Ikarus! Ikarus …
höchstpersönlich!"

Ich schmunzelte über seinen Vergleich. Er packte mich an
den Schultern, schüttelte mich kräftig durch, sein Visier
klappte herunter, er klappte es wieder hoch und
verkündete in manischem Eifer:

„Dat isses… überhaupt, dat isses! EY MANN! Du musst
den Ikarus machen! Hundertprozentig, alder!"

Ich verstand nicht so recht. Häh? Den Ikarus machen?

„Ab ins obere Stockwerk! Wird Zeit für eine kleine
Mutprobe!", rief er euphorisch. Noch immer begriff ich
nicht, worauf er hinauswollte.

„Das habe ich mit zehn oder so auch immer gemacht!",
erklärte er vorfreudig. Er zog mich aus dem Raum
heraus…

Mir schwante böses. Konnte das sein Ernst sein? Sollte
ich… etwa irgendwo runterspringen? War er verrückt
geworden? Meine Fresse, ich musste echt pissen wie ein
Elch, und wollte mir doch nur ein gottverdammtes neues
Bier holen! Bevor ich irgendetwas unternehmen und
einlenken konnte, hatte Niklas schon die halbe bis
dreiviertel Besucherschaft mobilisiert, jede
Handlungsbühne von seinem Zimmer, dem Flur, Stube
und Küche in Kenntnis gesetzt von meinem
wahnsinnigen und völlig selbst gewählten Vorhaben, vom
Balkon des ersten Stocks in einen Schneehaufen zu
springen. Och, nööö! Was sollte denn diese Kacke nun
wieder? Nur weil ein Zehnjähriger einen Sprung aus dem

ersten Stock in den Tiefschnee unbeschadet überstand, musste das noch lange nicht heißen, dass das ein Sechzehnjähriger auch überlebte! Mit knallroter Birne zerrte ich beim die Treppe hochgehen heftig an seinem Ärmel und schimpfte aufgebracht:

„Komm schon! Du hast zuallererst nur gesagt, dass ich diesen Firlefanz ne Weile tragen muss, von mehr war nie die Rede! Das war nicht abgemacht, alles! Keine Ahnung, wie du jetzt auf die Idee kommst, dass ich mir auch noch den Hals brechen soll!“

„Maxe, alder, dat wird schon gut gehen! Glaub mir, dat is ne Mordsgaudi!“, beschwichtigte er mich.

Wir öffneten die Schlafzimmertür seiner Mutter. Auf einer quietschenden Matratze wurde ersichtlich, dass der Weihnachtsmann von vorhin als Bescherung seinen Sack ausgepackt hatte, und die als Hexe verkleidete Rothaarige nun auf etwas anderen als auf ihrem Besen ritt. Ihnen war unser Hereinplatzen anscheinend genauso gleich wie Niklas, der davon unbeeindruckt zur Balkontür stolperte, mich hinter sich her zerrend. Andere Leute kamen nach uns ins Zimmer, schmissen sich weg vor Lachen, jubelten den beiden zu, zwei drei Mädels kicherten errötet. Plötzlich stand ich frierend und wankend draußen auf den Balkon. Die Leute drängten sich hinter mich. Ein schlaksiger Heini aus der Oberstufe hielt mir zwinkernd einen Spiegel vor die Nase, auf dem warum auch immer jemand ein Häufchen Mehl darauf gestreut, und aus dem Pulver eine Linie geformt hatte.

„Los, Ikarus, du musst erstmal deine *Koks-Sequenzen* aus dem Ganzen hier ziehen!“, gluckste er über sein ihm selbst so geistreich erscheinendes Wortspiel, sich selber an seinem Wortwitz aufgeilend. Bevor ich wusste, wie mir geschah, hatte ich das Zeug schon durch ein Röhrchen geschnupft.

„Davon verglühst du komplett!", rief Niklas mir begeistert zu und schnupfte auch etwas davon.

Beim auf den Gartenstuhl und Klapptisch klettern empfing mich dann auch schon ein entschlossen rufender, von Bolle angeführter Chor:

„IKARUS! IKARUS! HOPP! HOPP! HOPP!
IKARUS! IKARUS! HOPP! HOPP! HOPP!"

Ob es an dem Anfeuern lag, oder an der künstlichen Dopaminausschüttung, die Frage, warum ich auf einmal von so einem gesteigerten Selbstwertgefühl getrieben wurde, ließ sich nicht mehr eindeutig klären. Die Masse grölte und jaulte, während ich mit den Armen schwalbengleiche Flatterbewegungen machte, oder mich mit angewinkelten Armen wie ein Hühnchen bewegte. Niklas hatte derweil Long-Tall-Sally herbringen lassen, und stopfte mir einen unmenschlich fetten Kopf mit aberwitzigen, viel zu grünen Mischverhältnis:

Blubberdiblubberdiblubberdiblubberdifluuurp…*

- Niklas Augenbrauen schnellten ungläubig nach oben.

Oh Gott! Ich hatte das Ding mit einem Zug durchgeraucht, meine Lungenflügel fühlten sich wie ein bis zum Zerreißen gespannter Luftballon, und wie eine Dampflok stieß ich eine riesige Rauchwolke aus, die locker solang war wie die Pfeife selber. Mein Schädel war kurz vor dem Explodieren, und mein Kreislauf war auch wirklich nicht allzu angetan von der Aktion. Von den Bronchien bis zur letzten Verästelung der Lungenflügel wollte mein Atmungsorgan mittels eines Hustenreizes seine Empörung geltend machen, doch wurde dies vom Morphin natürlich betäubt… Zuzüglich zu dem lateinamerikanischen Appell an die Dopaminrezeptoren bewirkte vielleicht genau dieser Umstand einen Puls, als ob mein Herz gleich aus der Brust springen würde.

„Ok, ok, ok… ok. Alles klar. Ich mach's.", lallte ich und drehte mich um und setzte meinen ersten Fuß zitternd auf das Balkongeländer, als der Chor wieder einsetzte:

„IIIIKARUS! IIIIIIKARUS! HOPP! HOPP! HOPP! IIIIKARUS! IIIIIIKARUS! HOPP! HOPP! HOPP!"

Unsicher fixierte ich schielend einen Kerl, der sich als Sensenmann verkleidet hatte, mittels jeder Menge schwarzen Bettlaken und Decken. Er hob seine Sense und rief mir amüsiert zu:

„Pass auf, man. Tu dir nicht weh."

Säuerlich grinsend sah ich zu Niklas, der mir die Suppe eingebrockt hatte. Er zuckte mit den Achseln und sagte in einem schäbigen Tonfall:

„Lass dir von Gevatter Tod nix erzählen, do. Dat geiht. Dat geiht schon irgendwie."

Er war wieder über den Spiegel gebeugt. Mein Herz sprang fast aus der Brust. Nun denn… zu verlieren hatte ich eh nichts… schwankend sah ich zu den Leuten herunter, ungläubig, wie man mir grinsend und anfeuernd, respektvoll und belustigt begegnete, mir, der doch von Gruppen nur Prügel und Beleidigungen kannte. Plötzlich blitzte es. Was zum? Wollten die Götter mich etwa meiner Torheit strafen? Nachdem meine geblendete Netzhaut langsam die Konturen des Geschehnisses nachgezeichnet hatte, sah ich hinter einem weißen Flecken, dass ein Fotoapparat auf mich gerichtet war. Irgendjemand, eine sie, *ein Mädchen,* hatte mit Blitzlicht einen Schnappschuss von mir gemacht. Gar nicht so übel, fand ich, dass noch mal jemand eine Aufnahme gemacht hatte, bevor ich mir den Hals brach…

Als sie die Kamera sinken ließ, huschte ein Lächeln durch ihr Gesicht, und als sich unsere Blicke begegneten, geschah es, dass mich der eigentliche Blitz traf: Eingefasst zwischen ihren rosigen Bäckchen, Lachfalten und einer süßen blonden Pony-Frisur funkelten mich dunkelbraune Juwelen an, von der Tatsache überwältigt, dass es Diamanten wohl auch in der Farbe Kastanienbraun gab, verlor ich das Gleichgewicht, und fiel mit rudernden Armen vorwärts.

Den Sturz hatte ich unbeschadet überlebt, jedoch war ich danach fast wieder völlig nüchtern, sehr zu meiner Verärgerung. Es war ein Wunder, dass meine prall gefüllte Blase dichtgehalten hatte, das Herunterfallen kam so unerwartet, dass ich für einen Sekundenbruchteil dachte, das wäre es jetzt gewesen! Nachdem ich frierend und bibbernd ins Haus zurück tapste, während denen die Leute meine Hand abklatschten, jubelten, grölten und mir auf die Schulter klopften, suchte ich zuallererst die Toilette auf. Wie ungewohnt, dass Hände mal nicht ihre Antipathie und Feindschaft ausdrückten, in Form von Schubsern, Backpfeifen, Nackenschellen oder Mittelfingern…

Als ich dann, mit Jolle und Bier versorgt, in Niklas Zimmer trat, war ich wieder high, aber eher weggebreitet von der Tatsache, hier nicht unbeliebt zu sein! Grinsende Gesichter, „Ikarus“-Rufe, Leute stießen mit mir an. Unsicher schaute ich umher… war *sie* von vorhin auch hier im Zimmer? Tatsächlich! DA! Mein Puls begann zu rasen, als ich bemerke, wie sie mich bemerkte, ins Gespräch mit einer Freundin vertieft, zwei kastanienbraune Diamanten huschten kurz in meine Richtung, bevor sie wieder zurückhüpften, um lebhaft den Lippenbewegungen ihrer Sitznachbarin nachzuhängen. Plötzlich flüsterte sie ihrer Freundin etwas ins Ohr, die andere sah in meine Richtung, tuschelte etwas, und beide brachen in Lachen aus. Ich wurde knallrot. Ging es da um mich? Hatte ich mir doch beim Sprung eingepisst?

Schließlich nickte die eine mit dem Kopf, schlug sich auf die Beine und sprang vom Billardtisch herab, auf dem die beiden baumelnden Beines Platz genommen hatten.

Schnell stürzte ich noch mehr Bier in mich rein, und übergab Bolle das Rauchwerk, der sich nicht so recht entscheiden konnte, welche Jazzplatte er nun auflegen sollte. Die Freundin meiner Fotografin kam geradewegs auf mich zu. Sie drehte sich noch einmal zum Billardtisch um, wo ihr die Süße von vorhin noch einmal zunickte, winkte und grinsend irgendein Wort mit den Lippen formte. Plötzlich stand also dieses Mädel in einem grünen Kleid vor mir und fragte keck:

„Hey, du. Marie fragt sich, ob du vielleicht mal das Foto von dir im Ikarus-Aufzug ansehen willst?"

Marie fragte, ob… ähm. Ich konnte natürlich… öh… da rübergehen, jetzt!? Was sollte das denn werden? Irritiert stotterte ich:

„A… a… a… aber man mu… mu… muss doch erst das Foto entwickeln lassen!"

„Nein, das ist so'n Polaroid-Dings! Das wird direkt gedruckt.", belehrte sie mich belustigt.

„Ich halte mich nicht für sonderlich fotogen!", versuchte ich mich rauszureden. Dabei würde ich liebend gerne rübergehen und mit ihr reden, eigentlich! Was war mit mir los!? Diese braunen Augen schienen mich aufzusaugen, und die Luft im Raum war für mich mit einem Knistern erfüllt. Das Mädel vor mir grinste wissend und entgegnete:

„Das sieht sie, glaube ich… wirklich anders."

Nun machte gar nichts mehr Sinn! Was wollte sie mir

denn hier gerade mitteilen? Aber das bedeutete ja…
überfordert schlug sich meine Stirn in Falten und ich
wollte gerade anfangen, irgendetwas zu vergeigen, als
plötzlich Bolle sich mit einer „Duke-Ellington“-Platte
umdrehte und mir halb genervt, halb amüsiert, auf die
Sprünge half:

„Oh man, Maxi… du Idiot! Sieht ganz so aus, als ob das
Porzellangesicht da drüben auf dich steht!“

Mir zog es den Boden unter den Füßen weg. Mit
heruntergeklappter Kinnlade drehte ich mich in Richtung
des Billardtisches. Dort saß sie, in einem roten Petticoat-
Kleid mit weißen Punkten, sie nippte an einem Glas
Limo und als sie sah, dass ich sie ansah, winkte sie mir
verlegen zu, und ihre schneeweiße und zarte Gesichtshaut
formte ein Lächeln, dass jeglichen erlebten Schmerz aus
meiner Seele herauslöschte.

Aber? Aber das konnte doch gar nicht sein!? Träumte ich?
Unmöglich! Wenn das Herz doch nur mit dem
Herumhüpfen aufhören könnte, dachte ich. Ich wusste
doch noch ganz genau, was danach letztes Mal passiert
war…

„Nun geh schon, Maxe!“, sagte Bolle eindringlich. Und
als auch ihre Freundin mir bekräftigend zunickte, biss ich
die Zähne zusammen und schloss die Augen. Kurz
blickte ich zu ihr, und dann sofort wieder weg. Auf den
Boden stierend, leerte ich mit hochrotem Kopf mein
Holsten und schlich wie gelähmt los, den Blick nicht vom
Teppich nehmend, bis ich schließlich vor den
Tischbeinen stand, unsicher, schüchtern, auf sowas nicht
vorbereitet… unbeholfen richtete ich meine Flügel und

den Rest der Verkleidung, sah kurz auf, und hauchte:

„Ha…hallo?"

Ihre geschminkten Lippen öffneten sich einen Spalt, Grübchen, Lachfalten und Augenbrauen verrieten mir, dass meine Wenigkeit bei ihr etwas ausgelöst hatte, wovon ich niemals geträumt hätte, es könnte mir noch passieren. Fasziniert blickte sie an mir herunter und wisperte:

„Hallo. Mensch, das ist ja ein Zufall. Ikarus höchstpersönlich, hihihi. Wie heißt du denn wirklich, du tragischer Held, du?"

Wie ungerecht! Sie verstand es wohl sehr gut, mit Jungs zu reden, während mir bei so hübschen jungen Frauenzimmern immer Sprache, Luft und Spucke wegblieben.

„Mei… mei… meine Freunde nennen mich Maxi", keuchte ich hervor. Ich würde mehr Bier brauchen, um das hier zu überstehen… im Grunde hatte ich wahrscheinlich bestimmt schon verkackt! Doch zum Glück nahm sie mich an die Hand:

„Maxi, Maxi… Soso! Na denn! Froh, dich kennenzulernen, Maxi. Ich bin übrigens die Marie!"

Maxi und Marie. Das passte ja.

Sie reichte mir ihre Hand und kurz drückte ich ihre samtweiche, warme Haut. An ihren Handgelenken glitzerten silberne Kettchen, die mir entgegenblitzten im Schein des gedämpften Lichts, als sie eine Strähne zurückstrich.

„Setz dich doch!", schlug sie mit einem strahlenden Lächeln vor, stellte ihr Limonadenglas weiter weg, und machte rückend Platz. Ich setzte mich und saß stocksteif und verkrampft neben ihr, nicht wissend, was zu sagen und was zu tun war. Aus einem Briefumschlag holte sie einen Stapel Fotografien hervor, schob lächelnd das Gummiband weg und reichte mir die obenauf liegende Aufnahme. Kurz grinste ich. Ich sah wirklich unfassbar bescheuert aus, mit der dummen Verkleidung an, völlig dicht auf dem Balkongeländer schwankend, Niklas neben mir, der an Long-Tall-Sally saugte, und unten erwarteten mich der Sensenmann und ein als Pirat verkleideter Bolle... Und in meinem Blick etwas, das garantiert noch auf keinem Foto so authentisch eingefangen worden war...:

- Glück.

Reines, unverfälschtes und kostbares Glück, Glück eines Jungen, der oben Genanntes nur als Vokabel kannte und allenfalls bei anderen auftretend... schmunzelnd gab ich ihr das Foto wieder und brachte dann zögerlich raus:

„Ganz... witzig! Is... is... ist ja n' riesen Ding, mit dem Polarit, oder wie dat heißt, krass, dass die so schnell entwickelt werden!"

„Nicht wahr!", stimmte sie mir begeistert zu. „Hey, lass uns doch noch eins zusammenmachen!"

Ich willigte ein, und sie rückte ganz nah an mich heran, die Stellen, an denen sich unsere Oberarme und Schultern berührten, fühlten sich an, wie in flüssiges Licht getaucht oder mit Sternenstaub zusammengeklebt. Nichts im Leben schlug dieses Gefühl, das sich in meinem Brustkorb breit machte. Ganz leicht legte sie ihren Kopf auf meine Schulter, hielt die Kamera über uns, und es blitzte, blitzte, blitzte in meinem im Dreieck springenden Gehirn. Sie rückte wieder ein Stück weg, und nahezu sofort kam ein schmaler quadratischer Foto-Abzug aus dem Apparat heraus. Technik, die begeisterte, dass konnte ich nachvollziehen. Sie wedelte ein paar Mal damit herum, und nach und nach erschien ein Abbild von uns zwei auf dem Quadrat.

„Sind wir nicht süß zusammen?", fragte sie ironisch und funkelte mich dabei geheimnisvoll an, der Boden, den es unter meinen Füßen weggezogen hatte, machte keine Anstalten, mir wieder Halt geben zu wollen. Aber das war in Ordnung. Brauchte eh keinen Boden mehr, längst schwebte ich, wie ein Segelflugzeug rauschte ich durch die Wolken, getragen vom Aufwind ihres Lächelns. Was nun? Was sollte ich sagen? Bloß aufpassen, oder? Was hatte ich nicht schon alles in den Sand gesetzt, am besten, ich würde sofort umdrehen, und…;

„Find ich, auch, japp.", improvisierte es aus mir heraus. Scheinbar musste ich in etwa das Richtige geantwortet haben, denn nun strahlte sie breit über beide Wangen und stieß freudig und schrill aus:

„Komm, wir machen noch eins!"

Diesmal rückte sie noch näher ran, und ich erschrak fast, als sie mir einen Wangenkuss gab, und erst an meiner Backe festgesaugt, das Kameraobjektiv vor unsere beiden

Köpfe hielt und uns beide ablichtete. Als sie mir das gerade entstehende Bild überreichte, leuchteten ihre Bäckchen glühend rot und auch mein Gesicht glich einem Kamin.

„Das ist auch nicht schlecht…", plapperte ich. Plötzlich legte sich ein Schalter um. Die Berührung ihrer wonnigen Lippen hatten mein noch schlafendes Herz wachgeküsst. Als wäre ein Flutscheinwerfer in meiner Birne angegangen, der die gesamte Realität bis in den letzten Winkel beleuchtete. Ich drehte mich zu ihr, sah ihr tief in die Augen und sagte einfach:

„Warum machen wir nicht nur so zum Spaß eins, wo wir uns wirklich küssen? Ich meine, ich kann sowas nicht, habe ich noch nie gemacht, aber ich könnte es schauspielern, oder so…"

Sie lachte, warf den Kopf in den Nacken und rückte gefährlich nah an mich ran, während sie flüsterte:

„Alles klar, also kommt jetzt… ein total gestelltes Foto, rein professionell geschauspielert, nicht wahr? Wie Hollywood-Filmstars, die eine Scheinehe für die Presse führen, richtig?"

„Genau.", knüpfte ich an, fassungslos darüber, dass ich das gerade wirklich gesagt hatte.

Der darauffolgende Blitz dieses Fotos hätte mich nicht mehr blenden können. Schon vorher tauchte mein Verstand ab in dem Funkeln ihrer sich langsam schließenden Augen…:

Wenn ein Verdurstender ertrinken konnte, und ein Erfrierender verbrennen, so konnte anscheinend auch ein lebensmüder Sterblicher... neu geboren werden und sich unsterblich fühlen...

Siebtes Kapitel

Was wusste der Kuckuck, was der Mensch und selbst der Teufel und der Geier nicht wussten? Es war inzwischen Mai, und seit einem halben Jahr war ich wirklich am Leben, in wenigen Monaten holte ich es nach, wieviel Verpasstes aus sechzehn Jahren Existenz passte in diese paar Wochen hinein! Im Garten plärrte der Kuckuck, hatte ich ihn und den Frühling jemals richtig vernommen? Waren mir überhaupt schonmal die Geselligkeit des Löwenzahns oder die vielen, ihre Köpfe der Sonne entgegenstreckenden Gänseblümchen aufgefallen? Und die vielen anderen Blüten, mit denen sich die wachgeküsste Natur im Frühling schmückte? Hatte ich den Morgentau jemals gerochen, seit ich ein kleiner Junge war, waren mir je die Knospen aufgefallen, aus denen der Wald grünen würde? Mein Weltschmerz verpuffte in ihren Armen, das wackelige Kartenhaus meiner Sorgen und Selbstzweifel wischte sie mit einem Wisch weg. Ihre Schultern versprachen Unendlichkeit, die Nähe ihrer Worte sicherten mir das Paradies zu. Wenn ich an ein Leben nach dem Tod glauben würde, so wäre ich sicher, auf Niklas sechzehnten Geburtstag gestorben zu sein, und nun im Himmel zu verweilen. Wie es der Zufall wollte, sollte sie mein Schicksal sein. Unverhofft kam ja meistens viel zu selten, aber vielleicht reichte es ja, wenn es ein einziges Mal kam…

Es war Wochenende, und der Kelch, ihren Eltern beim Verkauf auf dem Wochenmarkt zu helfen, war diesmal an ihr vorübergegangen; … ihre anderen Geschwister waren mitgefahren. Wir hatten diesen Vormittag sturmfrei. Nach dem Ausschlafen hatten wir also nach allen Regeln der Kunst Liebe gemacht, bis auf das untere Badezimmer keinen Raum ausgelassen, und nun saßen wir nach einer Haschzigarette zu klassischen Klängen im Esszimmer, ich löffelte Müsli und sie schnitt feinste ungarische Salami, und Pferdeknackwurst sowie andere Leckereien ihres elterlichen Fleischereifachhandels in Scheiben. Die Schüssel anhebend, um die Milch auszuschlürfen, sagte ich leise und vorfreudig:

„Was... also... was, abseits körperlicher Ertüchtigung innerhalb des diestägigen Matratzensport-Marathons gedenkst du heute mit mir anzustellen?"

Versaut grinsend über meine Bereitschaft zu einer weiteren Runde schlug sie vor:

„Wie wäre es... wenn wir an den Strand fahren? Erstmal kenn ich in der Bucht ein paar Flecken, die sind wirklich schwer einzusehen...;"

Ich lachte. Dann fragte ich überglücklich:

„Hey, ich habe dich gefragt, was dir sonst noch so vorschwebt?"

„Zweitens könnten wir unsere Sammlung erweitern!", frohlockte sie.

„Demnächst brauchen wir eine größere Leinwand!", warf ich ein. Kitschig, wie man in der Anfangszeit einer Beziehung war, freuten wir uns wie Schneekönige, wenn wir einen Stein aufhoben, der eine Herzform hatte. Und wir erkannten in unseren ausgeflippten, hormondurchfluteten Ausnahmezustand nahezu überall Herzen. Es war ein Projekt von uns, sie alle in einer 1m x

1m-Leinwand zu vereinen, zu einem riesigen Herz. Früher hätte ich mich für sowas ausgelacht, und mein Bruder Wilhelm würde mich sicherlich wieder des Schwulseins verdächtigen, hätte er Kenntnis, dass von uns beiden sogar mir die Idee dazu gekommen war. Wer hätte gedacht, dass Mädchen es mochten, wenn ein Kerl Gefühle zeigte? Sie erkannte sofort, dass meine harte Schale nur eine provisorische und nicht gerade wetterfeste Fassade war, und schließlich zeigte sie mir, dass mein Wesen … liebenswert war. Zumindest fand sie das, und das reichte mir. Völlig perplex war ich gewesen, als sie mir klarmachte, auch ich würde ein lebenswertes Dasein verdienen. Noch nie hatte jemand in so hohen Tönen von mir gesprochen, mein angekratztes Ego brauchte eine ganze Weile, um zu akzeptieren, dass andere den Pfützen-Maximilian oder den im Spiegel, den ich oft nicht erkannte, nicht so sehr verachteten. Im Gegenteil, dass sie die Reflektion meiner Lichtstrahlen sogar anhimmelte, sie sich genauso danach verzehrte wie ich mich nach ihrem Abbild im verregnetem Schaufenster… ich liebte jede Haarsträhne, jede Sommersprosse, jede Kleidungsfalte ihrer stilvollen Garderobe, ich liebte jeden Schritt, den sie machte, jeden Finger ihrer Hand in der meinigen, jedes Wort, dass, noch so trivial, ihre Lippen verließ, ich liebte es, wenn durch ihr Parfüm ihr Körperduft hindurchwaberte oder Schritte im Flur ihr Wiedererscheinen verkündeten, denn selbst wenn sie nur kurz aufs Klo ging, fehlte sie mir unheimlich doll.
Sie war inzwischen aufgestanden, sah mich verspielt an und rührte geistesabwesend in ihrer Kaffeetasse. Was hatte ich nur für ein Riesenglück, dachte ich, als ich an ihrem seidenen Bademantel herunter und wieder heraufsah…

„Auch noch Kaffee?“, fragte sie liebevoll.

„Klaro!“, antwortete ich begeistert, „Müdigkeit juckt nicht die Bohne…;“

„…wer braucht schon Schlaf, es geht auch ohne!“, vervollständigte sie unser Motto, mit dem wir manche Nacht durchgebracht hatten, Filme schauend oder uns unter der Decke gegenseitig unsere Lieblingsbücher vorlesend. Sie goss mir nach, ergänzte einen Schuss Milch, und warf ein Zuckerstück hinein. Dann noch eins. Schließlich nahm sie noch einen Zuckerwürfel, zielte und warf es dann völlig absichtlich daneben, so dass es rechts neben meinen Stuhl fiel.

„Hoppla!“, rief sie, und hielt sich frech grinsend die Hand vor den Mund. „Na, sowas aber auch! Du magst deinen Kaffee doch aber mit drei Stück Zucker, nicht wahr!?“

Sie führte doch schon wieder irgendwas im Schilde.

„Du, ich glaub, ich werd’s überleben!“, gluckste ich.

„Ach Quatsch, ich hebe es für dich auf.“, flüsterte sie verführerisch und kam wie eine Raubkatze auf mich zu. Holla, die Waldfee, öhm… sie stand mit dem Rücken zu mir, drehte sich um, und sah mir in die Augen, mit ihrem Fickmich-Blick, und biss sich auf die Lippen. Das grazile Fortbewegen ihres Hinterteils hatte etwas, was mein Herz höherschlagen ließ, und ganz allgemein die Durchblutung in gewissen Regionen anregte. Ganz langsam beugte sie sich vor, mich fortwährend mit ihrem angegeilten Gesichtsausdruck anstarrend. Huiuiui… ohmannomann!

Sie stand jetzt in einem rechten Winkel, und ihr Bademantel rutschte zur Seite, und offenbarte, dass sie gar nichts drunter trug. Sie hob das Stück Zucker auf, und legte es genau dorthin, wo mein gefesselter Blick nicht aufhören konnte, hinzustarren… oberhalb ihrer samtweichen und wunderbar geformten Pobacken! Mir war, als hätte sie einen Pfirsich mit dem Stück Zucker garniert…mit knallroter Birne nahm ich zitternd und schnell atmend das Stück Zucker entgegen und ließ es in den Kaffee plumpsen.

„Ein wirklich unschlagbares Angebot, aber… ich glaube, ich kann überhaupt nicht noch mal!", widersprach ich rot angelaufen, obgleich sich in der Lendengegend wieder einiges regte.

„Na und!?", rief sie herrisch und drehte sich um. Sie schüttelte ihre Haare hin und her, legte sie über ihre Schulter und kam einen Schritt näher auf mich zu. „Dann muss es jetzt eben noch ein zweites Frühstück für dich geben, ganz einfach!"

Sie schob unwirsch meinen Teller und meine Tasse beiseite und setzte sich auf den Tisch, genau vor mich. Mit der einen Hand hielt sie mein Kinn aufrecht, und ehe ich wusste, wie mir geschah, hatte sie schon den Mantel aufgeknöpft. Wie reife Knospen zeigten sich ihre Brustwarzen, und sie atmete schnell ein und aus. Plötzlich versenkte sie jeweils Zeige- und Mittelfinger beider Hände in ein Honigglas, und sah mich gebieterisch an. Schließlich schmierte sie sich das klebrige Zeug auf die Titten, und nahm meine Hände an den Handgelenken, und zwang mich, auch etwas darauf zu verteilen. Ich langte also auch ins Glas und verstrich etwas auf ihre

Nippel, die hart wie Stein wurden. Schließlich tauchte sie noch einmal mit drei Fingern tief ins Honigglas und spreizte ihre Beine.

Schon ein, zwei Alphabete später hatte das Ganze dann einen völlig anderen Geschmack...

Viel war passiert. Wir hatten alle zusammen beschlossen,
in die Landeshauptstadt Schleswig-Holsteins zu ziehen.
Nach meinem Realschulabschluss fing ich eine Lehre bei
der Post an. Marie arbeitete von da an als
Krankenschwester in der Kieler Universitätsklinik. Wir
waren zusammengezogen. Niklas, der mentale
Überflieger begann als Jahrgangsbester ein Studium der
Chemie und Philosophie, seine Expertise und guten
Kontakte hatten ihm ein Stipendium eingebracht. Und
Bolle enttäuschte seinen alten Herrn, indem er es ihm
nicht gleichtat, keine Karriere als Arzt einschlug, sondern
eine simple Lehre als Apothekergehilfe begann.

Mein fehlendes Puzzlestück war endlich von der Toilette
zurück. Sie machte einer älteren Dame Platz, und
bugsierte ihre wonnigen Hüften zwischen den Tischen
und Stühlen hindurch. Draußen hefteten sich die ersten
mutigen Schneeflocken an die Fenster... ...hatte Nick
nicht bald schon wieder Geburtstag? So langsam sollten
wir beide ein Geschenk für den Knaller besorgen...
vielleicht könnte sie sich auf Arbeit ein wenig nach
medikamentösen Leckereien umsehen? Und von mir
würde er einfach eine gute Platte kriegen! Musste doch
selbst noch einmal ins Musikhaus. Denn das hohe E

fehlte mir jetzt schon seit Wochen…

Ganz selige, fromme und leichtfüßige Gedanken von meinem Geist gesponnen. Nichts in diesem Moment deutete daraufhin, dass ich seit meiner Kindheit schon viele Jahre über dem Leben abgeschworen hatte, sprich, sterben wollte, oder mir zumindest wünschte, ein anderes Spermium statt meiner hätte damals das Rennen zur Eizelle für sich entschieden…

„Ah, du hast schon bestellt?", sagte sie mit Blick auf die beiden dampfenden Tassen auf unserem Tisch, während sie den Schal auszog.

„Ganz genau!", brummte ich genügsam. „Du wolltest ja einen Kinderpunsch, und ich hab' zur Feier des Tages n' Richtigen bestellt! Sechs Wochen am Stück habe ich durchgehalten! Hier, riech mal! Mit Amaretto UND Rum aufgemotzt!"

Sie verzog leicht das Gesicht, würdigte dann aber die Amaretto-Note mit hochschnellenden Augenbrauen und genießerisch geschlossenen Augen.

„Hmmmm, lecker! Na dann können wir ja demnächst unser Einjähriges mit einer Flasche guten Roten feiern! Bin so stolz auf dich!", lobte sie lächelnd und sah mich zufrieden an.

Nun strahlte ich über das ganze Gesicht! Niklas seine legendäre Sause hatte mit der Bandgründung von „*Nick Mc-Sugarcloud and the Smokeabilly Experience*" geendet, als Niklas sich an das kleine Piano setzte, das er sich gewünscht hatte, und ich seinen Boogie-Woogie an der

Gitarre begleitete, während Bolle sachte einen Takt auf einem umgedrehten Mülleimer vorgab. Bevor wir in Bolles und Niklas Dachgeschosswohnung völlig in alle Richtungen eskalierten, probten wir zuvor das erste halbe Jahr in einer Scheune auf dem Landsitz der Ohlsteins, und obwohl wir wegen Bolles Paranoia für unsere Kräuterzigaretten weite Wege in Kauf nehmen mussten, war es für Professor Dr. zu Ohlstein kein Problem, wenn der Alkohol in Strömen floss. Schnell wurden die Stücke von Jerry Lee Lewis und Elvis nur noch sehr, sehr lallend vorgetragen, und stets trank ich doppelt so viel wie beide zusammen. Doch, nachdem ich einmal wirklich gemein ward, als meine Perle irgendeine meiner aus dem Unbewussten ausgegrabenen weltanschaulichen Monologe darüber, dass Misanthropie doch stets im Spiegelbild begann, scharf angriff und ich wüst und uncharmant antwortete, hatte ich beschämt beschlossen, sie danach nie, nie wieder zum Weinen zu bringen. Dem Trunk, der das Schlechteste aus mir herauszuholen schien, schwor ich ab, erfolgreich sogar! In einer klaren Vollmondnacht rief ich es ins Firmament hinaus, und die Götter hielten von da an Wacht, ob ich mein Versprechen an mich selbst, das erste Glas für mindestens anderthalb Monate stehen zu lassen, auch halten würde. Nun hatte ich es geschafft und war sicher, mit diesem Teufelszeug in Zukunft besser umgehen zu können...

„Apropos! Hast du schon eine Idee für Nicks Geburtstagsgeschenk!? Irgendwie ist mir das gerade eingefallen, als ich vom Klo wiederkam.", fuhr sie fort, und pustete in ihre Tasse, um ihr Getränk abzukühlen.

Wie synchron unsere Gedankenwelten inhaltlich wieder einmal koexistierten! Da hatte sie im selben Moment mal wieder an das Gleiche gedacht! Ich sinnierte:

„Also ich hab‘ letztens im Laden ne Doo-Wop-Platte gesehen, auf der auch „Blue Moon“ drauf ist! Du weißt ja, wie ihm der ganze Schnulzenkram zu Kopf gestiegen ist!“

„Haha! Und wenn er richtig Glück hat, treibe ich am besten noch ein Fläschchen Codein auf. Dr. Palenke ist ja selber nicht gerade sparsam damit!“

Es wäre nicht das erste Mal, dass Utensilien aus der Kardiologischen Station, in der Marie arbeitete, sich in ihre Handtasche verirrten. *Hach, was so ein gewöhnliches Stethoskop schon so alles in Gang setzen konnte…*

Sie hielt ihre Tasse mit beiden Händen, schlürfte gemächlich und fragte mild lächelnd, und funkelnden Auges:

„Und, was machen wir zwei Wunderhübschen an unserem besonderen Tag?“

Kurzum musste ich loslachen und prustete eine nieselige Wolke aus Glühwein, Hansen-Rum und Amaretto über den Tisch und antwortete kichernd:

„Na, was werden wir da wohl… Wohltuendes tun, denk mal scharf nach, meine Teuerste!“

Sie grinste augenrollend und ließ nicht locker:

„Nein, ich meine… als Paar so, als besonderes Erlebnis?“ Kurz dachte ich an das gebuchte Hotelzimmer auf unserer frisch zum Lieblingsurlaubsziel gekrönten Insel Sylt, die vielen, irgendwann, selbstgeschriebenen Zeilen über den Akkorden und der Melodie von „Only You" und den ganzen anderen kitschigen Kram, den ich noch einfädeln wollte. Sogar eine Ukulele hatte ich bereits auf dem Dachboden versteckt, sie hatte schon lange mit dem Gedanken gespielt, selbst ein Instrument in die Hand zu nehmen und zu unseren Liedern mitzuklimpern. Wo sie doch eh fast jede Probe dabei war... sie wusste nur nicht, welches Instrument zu ihr passen würde. Zum Glück kannte ich sie da besser als sie sich selbst; in dutzenden anderen Dingen ging es ihr mit mir genauso. Geheimnisvoll beugte ich mich vor, nahm sie an den Schultern und flüsterte:

„Tja, was wäre, wenn ich dir sagen würde, dass... dass so eine Art besonderes Ereignis bereits durchgeplant, bezahlt, und organisiert worden ist? Damit, gleichwohl jeder Tag mit dir etwas Besonderes darstellt, du ein unvergessliches Wochenende erleben darfst, mein Lieblingsmensch?!"

Ihr Funkeln drehte voll auf, ihre Gesichtsmuskeln reizten die Breite, mit der ein Mensch lächeln konnte, um ein Vielfaches aus. Sie klatschte in die Hände und rief begeistert:

„Oah, was!? Du nimmst mich auf den Arm, oder? Sag bloß, du hast uns eine romantische Auszeit gebucht?"

„Ganz genau, mein Marien'chen!", gluckste ich. Das war alles nur halb wahr, denn bis auf die Ukulele, die ich auf einem Flohmarkt erstanden hatte, und die ersten zwei Zeilen meiner Reinterpretation hatte ich noch nichts von den geplanten Geschenken für unseren Jahrestag realisiert, weder hatte ich das Hotel gebucht noch die Knete dafür zusammen, noch das Lied fertiggeschrieben.

Sie rutschte auf ihrem Stuhl hin und her, nahm meine Hand und säuselte:

„Es ist so schön mit dir! Seit du jetzt längere Zeit nicht getrunken hast, bist du irgendwie besonders liebevoll!"

„Jahaaaaaaa! In der Tat! Brauche den Scheiß gar nicht!", brallerte ich selbstzufrieden und schwenkte den Rest meines Glühweins in der Tasse hin und her. Gleichzeitig erwuchs aus dem Angeheitertsein der Drang, sehr wohl doch noch einen zweiten haben zu wollen. Mein Blick wurde von der herumschwappenden Flüssigkeit voll absorbiert, ich sah in die Tasse und schwadronierte:

„Früher war ich ein verdammter Pessimist, bevor ich dich kennengelernt habe. Heute weiß ich, dass das Glas die ganze Zeit halb voll war…" Kurz schielte ich rüber zur Theke und ergänzte, nachdem ich die Tasse geleert hatte: „…eigentlich, wenn ich mir dich so ansehe, sollte klar sein, dass das Glas eigentlich randvoll gefüllt ist! Oh ja, das isses! Dieses hier auch gleich, ich geh mir noch ein Zweites holen, *zur Feier des Tages…*"

Ich leerte das Glas, bevor es richtig abkühlen konnte und fragte, sehnsüchtig nach ihrer Nähe:

„Was ist, sollen wir heim zu dir, und eine Münze werfen, *wer wen untersuchen darf…?*"

Sie klimperte mit den Wimpern, schob ihren Oberkörper

nach vorne und rief beglückt:

„Klar, lass uns keine Zeit verlieren!“

Als wir in ihrem gelben Käfer heimwärts bretterten, grölte ich im Mondschein den Text von „Under the Moon of Love“ mit und erlag dem Anschein, der glücklichste Kerl auf Erden zu sein.

„Zweihundert-siebenundsiebzig.", flüsterte sie, ein wenig fassungslos.

„Zweihundert-siebenundsiebzig…", wiederholte ich die Zahl ganz leise, und für einen Moment schien die Zeit stillzustehen. Vielleicht lag es auch daran, dass die Nadel vom Plattenspieler sich nach der Buddy Holly- Nummer „Everyday" wieder zu ihrem Ausgangspunkt zurückbewegte, als wir den letzten Stein hineinsetzten. Überwältigung und freudiger Schock hielten uns einfach in der ekstatisch-festgefrorenen Position, beide kniend vor dem übergroßen Mosaik, dessen letztes Element wir einstimmig beschlossen hatten, beidhändig einzufügen. Weder sie noch ich konnten unsere Hand davon entfernen. Unser geruhsamer, sanfter Druck lastete wie damit verschmolzen auf der 1m x 1m - Leinwand, auf der wir mit Montagekleber unsere, der Pareidolie verschuldeten, geologischen Exponate draufgeklebt hatten… Hier auf dem Wohnzimmerteppich lag ein gleichwohl kompliziertes wie einfaches Kunstwerk vor unserem Auge ausgebreitet:

Wie jeder herzförmige Stein stellvertretend für die erstaunliche wie brillante Fähigkeit des menschlichen Gehirns stand, jedem noch so unscheinbaren kleinen Teil seiner Umwelt eine gewohnte Form abzuringen! Und so deuteten Kinder auf die Fratzen und Tierkörper in den Wolken, oder verwiesen kichernd ihre Eltern darauf, dass der schmollende Mund, der für sich genommen nur ein Kühlergrill war, jedoch im Verbund mit Scheinwerfern und Stoßstange wahrgenommen, den erkennbaren Anblick eines dem Fahrzeug fast schon eine Persönlichkeit verpassenden Gesichtes abgab. Dabei fand man das Herz, mit dessen Symbol unsere

ikonographische Darstellung der Liebe daherkam, überall
in der Natur: Ob im Querschnitt einer Erdbeere oder in
einem vom Wind davongetragenen Sommerlindenblatt,
hartnäckig schien unsere Mutter Erde seit Anbeginn der
Zeit diese Botschaft an die sie bevölkernden Lebewesen
zu wiederholen…

Sprachlos vor Verzauberung begegneten sich unsere
Augäpfel schließlich, und durch das bläuliche Mondlicht
sahen wir kurz die Seele des anderen aufblitzen.

„Es ist so wundervoll!“, begann sie zögerlich.

„Japp! Das ist es!“, pflichtete ich ihr symbiotisch bei.

Kurz noch strich mein Daumen über ihren Handrücken…
dann tat meine linke Hand es ihrer rechten gleich, und
wanderte vom Parkettfußboden zu ihren rosigen
Wangen…

Achtes Kapitel

„Doch! Und im Grunde ist es gut, dass ich mich so überhaupt nicht unter Kontrolle habe, sonst… sonst…;“, flüsterte ich kraftlos und missgestimmt…

„Sonst was!?“, fragte sie sauer.

„… sonst hätte ich schon längst aktiv meinen Herzschlag ausgesetzt! *Ach, du wirst auch noch herausfinden, dass das mit mir alles nur ein schlechter Traum war!*“

Marie schaute mit einer Mischung aus Sorge und Genervtheit auf mich kleines Häufchen Elend und antwortete:

„Was soll das denn nun wieder heißen? Weißt du überhaupt, wie ich mich fühle, wenn du sowas zu mir sagst?“

Rekordverdächtig, wie lange ich es überhaupt geschafft hatte, es vor ihr zu verbergen! Doch in den letzten Wochen war die giftversprühende, versalzene und selbst eingebrockte Suppe meiner nicht besser werden wollenden mentalen Krankheit, welche schon vorher immer wieder tröpfchenweise in unseren Alltag hindurchgesickert war, in einer alle Dämme brechenden Flut zur Heimsuchung geworden… Als man bei unserer Mutter etwas Unheilbares diagnostiziert hatte, war das Erste, was ich machte, na was wohl? – ich erlag dem Ganzen selbstbemitleidenden Blödsinn, *und hatte endlich wieder eine ganz gehörige Ausrede, mir die Hucke dichtzusaufen.*

Als ich dann mal wieder auf zwei Hochzeiten gleichzeitig tanzen wollte und es meiner Angetrauten genauso versprach, mit ihr ganz romantisch zu zweit Silvester verbringen zu wollen, wie auch Niklas und Bolle, in der Nacht zum 31.12.1961 in einer Kneipe in der Landeshauptstadt ein Konzert zum Besten zu geben, war der Konflikt vorprogrammiert!

Schließlich enttäuschte ich einfach alle: Es sah dann so aus, dass ich die beiden Kumpels im Regen stehenließ:

Bolle saß aufgeschmissen hinter seinem Drumset, verspielte sich immer wieder bei einem Rock'n'Roll-Takt, wo man eigentlich nur bis Zwei zählen musste, und pennte fast ein von den Benzodiazepinen. Und Niklas, der sich zur Feier des Tages besonders ausgeflippt *„verkleidet"* hatte, und nun nach nur zwei Songs mit mir im Anschluss allein den Honk machen musste für das buhende Publikum, in seiner Mönchskutte… weil ich einfach so von der Bühne sprang und mich gehetzt und angespannt an den Leuten vorbeidrängelte…

Um halb zwei trat ich endlich durch unsere Wohnungstür. Den Rest der Nacht saß ich zusammengekauert auf dem Boden, während sie ein Zimmer weiter schluchzte…

Das hatte der Strahlkraft des Funkelns in ihren Augen gehörig zugesetzt. Und mit jedem Besäufnis nahm es weiter ab. Nach gestern wohl um ein ganzes Stück mehr als sonst! Knatschig und noch verwirrt, vergiftet und gereizt von der Restnarkose, antwortete ich:

„Blablabla, ich hatte wohl einfach ne doofe Kindheit. Mmmkay!? Boah, ich weiß ja auch nich, wo das auf einmal herkommt, und wo, wie, warum das überhaupt begründet is, es is… nur… ach Scheiße, aua, mein Schädel!"

„Trotzdem, das kann nicht sein, dass du das jetzt vergessen hast! Und das nach letztens! Bin ich dir denn überhaupt nicht mehr wichtig!?“, sagte sie, und in dem unterschwellig zittrigen Klang der letzten paar Silben merkte man deutlich, dass hier schon wieder sehr nah am Wasser gebaut wurde… Schließlich brach es wieder laut, verheult und unangenehm, mir das Herz brechend, aus ihr hervor:

„Du hockst ja sowieso fast den ganzen Tag bei Niklas! Manchmal denke ich, ist er deine Freundin, oder ich? Ständig versprichst du, zu mir zu kommen und dann warte ich und kriege einen Anruf… – ihr habt wieder sone olle „Sonderprobe“ eingelegt, „weil wegen Konzert“, und wo ihr nicht alles spielt, was? Bis auf das, was du mir verheimlicht hast, wart ihr doch nirgendwo gebucht! Du sagst, ihr macht Musik aber in Wirklichkeit seid ihr total zugedröhnt und liegt auf dem Sofa, dem Dach oder unter dem Billardtisch herum! Und am Wochenende begießt ihr euch wie nichts Gutes! So doll, dass du schon richtig vergesslich geworden bist, in letzter Zeit! Meine Ukulelen-Version des Liedes „Von guten Mächten wunderbar geborgen“ hat den Leuten in der Kirche beim Gottesdienst wirklich gefallen, falls es dich interessiert! Unglaublich. Alle waren da, meine komplette Familie, Brüder, Schwestern, Nichten, Onkel, Tanten, Cousins… und Großeltern. Und ich… und ich sehe mich immer wieder um, durch die gesamte Kirche, und frage mich: wo… bleibst du? Nur mein Freund fehlt. Toll. Und Onkel Helge war doch so gespannt, dich kennenzulernen, weil er auch eine Frau aus dem Erzgebirge hat.“

Man sollte Frauen und Jalousien nicht in einen Topf werfen, aber mir fehlte eindeutig das Fingerspitzengefühl für beiderlei. Letzteren musste man ja schon mit enormem Gespür beikommen, für ersteres Mysterium gab es ja überhaupt gar keine Garantien in der Handhabung! Unmittelbar sofort schämte ich mich für diesen Vergleich. Trotzdem! Wie sollte ein seelisch wie körperlich grobmotorisch veranlagter und trotzdem sensibler Hanswurst wie ich aus der Sache hier glimpflich herauskommen?

„Aber wir verbringen doch schon mindestens die Hälfte der Zeit, oder? Es tut mir leid, wenn ich dich verletzt habe!", flehte ich.

„Na, aber warum machst du es dann immer wieder?", fragte sie total berechtigt, stirnrunzelnd, die Hände in die Hüften gestemmt.

Zum Boden schauend, suchte ich fieberhaft nach einer Antwort, die nicht so bescheuert klang wie die Ausrede, es würde allein vom Trunk herrühren. Schließlich fiel mir aber nichts ein, vielleicht gab es da ja sogar gar nichts in Wirklichkeit. Zögerlich faselte ich:

„Es passiert doch immer nur so'n Bockmist, wenn ich mir einen reingeorgelt hab, das Zeug ist nicht gut für mich und doch überhaupt an allem schuld"

Sie verzog den Mund und schüttelte nur langsam den Kopf… eine Mimik, gekoppelt mit einer Geste, die mir bei ihr noch nie untergekommen war. Eigentlich hätten meine Alarmglocken losbimmeln sollen, als sie leise mit einem Seitenblick sagte:

„Irgendwie ist es schon, wie er gesagt hat. Du trinkst, weil du so unglücklich bist, und bist so unglücklich, weil du so viel trinkst. Aber allzu häufig fängt es mit der einen Sache an, obwohl bei dir gerade alles gut läuft und du das mit dem zehn, zwölf Bieren, die dann aus einem einzigen Ausnahme-Exemplar werden, wieder kaputtmachst."

„Was heißt das denn hier: „ES IST SCHON, WIE ER GESAGT HAT?" Erstmal, wer ist er, und zweitens, was quasselst du denn mit annern Leuten über meine Angelegenheiten hier mit de… warum… und wie… wo… wann… ich mir wieder einen über'n Durst eingeschenkt habe? HAT MAN MAL WIEDER ÜBER MICH ABGELÄSTERT, WA?", polterte ich, an all die unangenehmen Hänseleien in all den Schuljahren erinnert.

„Mit Nicky…; - äh, Niklas… habe ich letztens darüber geredet!", erzählte sie leise.

„Wat hassu denn bei dem Knallkopp gemacht?", fragte ich belustigt und irritiert.

Jetzt betrachtete sie mich tatsächlich etwas sauer und auch verächtlich, als sie mich aufklärte:

„Dein Ernst? Das hast du auch noch vergessen? Ich war doch an diesem Mittwoch noch nach der Probe bei ihm! Weil du dieses vermaledeite Ukukele- Einsteigerlernbuch nicht rangeschafft hast, das du mir versprochen hast. Sowieso, in Versprechungen machen bist du ja mittlerweile ein Weltmeister! Nur im Einhalten bist du das Letzte! Tja, und weil die Zeit knapp war, hat Nick mir dann wenigstens die Grundlagen der Notenlehre beigebracht! Aber kein Wunder, dass du nicht mehr weißt, dass ich ihn doch danach noch nach Hause gefahren habe! Du warst so lattenstramm, als ihr beide euch verabschiedet habt!"

Aber? Aber… echt? Ach genau! Stimmt ja! Er ist doch am Ende in ihren Käfer gestiegen! …Puh. Deswegen war ich doch alleine aufgewacht. Aber trotzdem? Häh, warum hatte ich ihr den Kram nicht beigebracht? Sie hat doch oft genug gefragt, nach dem Buch, oder ob ich ihr die Akkorde zeigen konnte… meiner Meinung nach waren es sogar nur vier…

„Ich geh jetzt duschen. Und danach zur Arbeit. Hoffe, du gehst heute mal die Post wirklich ausradeln und holst sie nicht nur her, um sie übermorgen mit dem anderen Bezirk auszutragen…. und ich sehe dich nicht immer noch hier herumlungern, wenn ich Feierabend habe…“, fügte sie kühl hinzu, und stand von der Bettkante auf. Kein Kuss, kein Kuscheln, nichts…

Wie gelähmt drehte ich mich noch einmal um, um meinen Kater weiter auszuschlafen, aber es klappte nicht, ich lag also einfach weiter auf der Seite und starrte die Wand an. Draußen hörte ich das Starten des Motors, und sah das Scheinwerferlicht durch die Gardinen tänzeln. Beschämt und sauer auf mich selbst schloss ich die Augen. Als ich die Lider langsam öffnete, und mit zugekniffenen Klüsen wieder begann, die Raufasertapete anzustarren, erlosch der Lichtkegel. *Höh!?* Dann wurde der Motor abgewürgt. *Nanu?* Eine Autotür schnellte auf, und wurde zugeknallt. Ein Schlüssel sperrte die Haustür auf, und schließlich verlautbarten knarzende Treppenstufen, dass Marie noch einmal zurückkam. Als sie schließlich im Türrahmen stand, hatte ihre Mimik eigentlich nichts als Strenge für mich übrig, gewürzt mit einer Restmenge Mitleid.

„Was ist, hast du etwas vergessen?“, nuschelte ich schuldbewusst. Sie kam näher, warf die Handtasche aufs Bett und beugte sich über mich. Dann überraschte sie

187

mich mit einem dicken Schmatzer auf die Wange.

„Ja. Dich.", antwortete ihr lieblicher Kussmund, von dem alles abhing. Sie rappelte sich auf, und stand noch einen Moment im Türrahmen. In den kastanienbraunen Juwelen funkelte es kurz schwach.

Doch ich merkte, dass dieses Funkeln von nun an nicht mehr bedingungslos war.

Die Eiswürfel knirschten, als ich die zischende Cola ins Glas schüttete. *Auf ein Neues! Diesmal würde ich es ganz bestimmt schaffen!* Eine gewisse Abscheu vor der giftigen Flüssigkeit in den Bierflaschen von Niklas und Bolle konnte ich nicht leugnen. Zitternd stieß ich mit meinem sprudelnden Getränk an...

„Prohooost!", rief ich zuversichtlich, den heutigen Irrsinn widerständig gegen das Trinkbegehren in meinem Brustkorb zu absolvieren.

*Klink**

„Prost, Maxi! Auf diesen herrlichen Sommertag!", scherzte Niklas.

*Klink**

„Donnerwetter, du zitterst ja richtig! Ist ditte wirklich schon so schlimm mit der Alkoholsucht?", witzelte Bolle.

„Ist ja fast so schlimm wie bei Vaddern auf seinen letzten Metern!", entgegnete ich nur makaber.

Das war aber auch situativ stimmig, dachte ich. Mittlerweile stand fest, dass unsere vollkommen bescheuerte Wette, was denn schlimmer war, entweder zu hawaiianischen Steel-Guitar-Klängen in Badehose im tiefsten Winter frieren, oder im Juli am Strand, dick eingemummelt Weihnachtsmusik zu hören, nicht eindeutig zu beantworten war. Wir waren dazu extra ins sturmfreie Haus seiner Mutter gefahren, weil wir hier den blauen Kofferschallplattenspieler benutzen konnten. An Beknacktheit ließ sich beides nicht überbieten, und der

Körper war von beiden Extrema nicht sonderlich angetan. Ich zupfte meine Badehose zurecht, bibberte und sah zu, wie Niklas versuchte, ein Rauchgerät zu zaubern, doch auch er zitterte so heftig, dass diese Unternehmung von vorne rein zum Scheitern verurteilt war. Sehnsüchtig starrte ich zur Terassentür, auch Bolle spähte herüber ins Innere Als Nick die Tüte zudrehen wollte, zitterte er so heftig, dass er alles verschüttete - die komplette Mische.

„Das gibt es doch nicht!", brüllte Niklas stocksauer auf sich selbst.

„Du verdammter Idiot! Unser letztes bisschen… man ey…", schnauzte Bolle enttäuscht.

Zu einer gedämpften Steel-Guitar mit Nachhall, und einem sanften Rhythmus standen wir noch einen Moment da, und schauten betreten auf den Boden. Wo zum Geier sollten wir jetzt noch etwas auftreiben, am Wochenende, und am Arsch der Welt? Als die Platte zu Ende war, blies Niklas den ganzen Blödsinn kurzerhand ab.

Drinnen wurde es mit jedem der vielen ploppenden Kronkorkengeräusche schwieriger, zu widerstehen, doch ich blieb bei meinem Zuckergesöff. Meine Freunde bewiesen wahrhaftig, dass sie es waren, als sie mich bei jedem Schielen auf den Kasten und dem unwiderstehlichen Sog des Hopfentrunks an das Versprechen an mein Gebrechen erinnerten. Und, dass ich es Marie ja auch versprochen hatte, mich nicht mehr im Hoheitsgebiet König Alkohols aufzuhalten. Sie sei ein echt guter Fang, so Bolle.

*Niklas sagte nichts dazu, sondern verzog nur leicht wehmütig den
Mund, als ich die beiden mit Infos überschüttete, wofür ich dieses
Mädel alles liebte.*

Die Wochen vergingen, der Schnee schmolz, das Tauwasser tropfte von den Dächern, ich blieb stark, denn über meine Zunge gelangte kein einziger Tropfen. Langsam verblasste aber auch die Illusion, dass mein Gemüt auftauen würde, wenn ich doch einfach nur dem Sprit entsagte. Es blieb wohl nur die Wahl der Qual:

Entweder bestimmte die Krankheit mein Leben, oder die Folgeerkrankung. Ich konnte es mir aussuchen, ob meine Existenz von meiner verfluchten seelischen Misere dominiert wurde, oder von der selbstzerstörerischen… Bewältigungsstrategie.

Letztendlich war und blieb das Saufen doch das Schlimmere. Das dachte ich jedenfalls…

„Nein, wirklich, ich will keinen.“, nuschelte ich, meine Erklärungsnöte nicht weiter vertiefen wollend.

„Quatsch, du bist ein Ahnert, natürlich nimmst du einen!“, rief Willi beinahe grantig.

„Ernsthaft, ich habe es Marie versprochen!“

Mein Bruder sah mich mitleidig an. Dann tat er so, als würde er sich umsehen, betrachtete mich abschätzig und fragte gehässig:

„Das hat sie wohl zu bestimmen!? Was für'n Blödsinn! Außerdem, siehst du sie hier irgendwo?“

„Nein, das ist egal, dass sie es nicht mitbekommen würde. Ein Mann steht zu seinem Wort!“

Kurz vor dem Rückfall und beinahe am Nachgeben sah
ich von dem fordernden Gesicht meines Bruders, dem
man den Lebensstil der letzten Jahre ansah, zu dem
Drink. *„Bivinodka“*… Birnensaft, Rotwein und Wodka.
Eine seiner jüngsten Kreationen, wenn es darum ging,
sich auf kreative Weise seiner Gehirnzellen zu berauben.

„Ein Mann lässt sich zuallererst nix von seiner Alden
vorschreiben, du Lusche!“

Schulterzuckend sah ich ihn an, und schob meinen
Bivinodka wortlos weg. Willi nahm ihn enttäuscht
entgegen, schüttelte mit dem Kopf, und danach schüttelte
er sich, nachdem er einen großen Zug aus meinem Glas
genommen hatte.

„Du scheiß Kulturbanause, weißt garnich, wat gut für
dich is… na denn ist mein *Bourrumka* erst recht nichts für
dich!“, wetterte er gegen mein Abstinenzvorhaben, und
schüttelte sich noch umso heftiger, nachdem er ein
Gemisch aus Bourbon, Rum und Wodka heruntergestürzt
hatte.

„Ach ja, was ich dir zeigen wollte…;“, begann er
keuchend und mit verzogenem Gesicht, „… du hast doch
mal… als du ein kleiner Junge warst, irgendwas von
wegen sonem Ort in Russland gefaselt.“

Ich verstand nur Bahnhof. Ort in Russland? Häh?

„Was meinst du?“

„Ich weiß es noch ganz genau, du hast gebrüllt wie am
Spieß, bist aufgewacht, und danach… hast du mich

gefragt:

„Buwuwuwuuhuuu, was ist denn damals passiert in *Demjansk!?*"

Mir jagte ein Schauer über den Rücken. Warum, wusste ich bei weitem nicht. Verunsichert rätselte ich:

„Wie bitte? Keine Ahnung, was du meinst…"

Er grinste säuerlich, und sagte dann mit verzogener Miene:

„Mach dir nichts daraus, ich kenne einen, der träumt jede Nacht, er würde in einem U-Boot ersaufen."

„Öhm..."

Willi stand auf und taumelte ein wenig. Er fragte leicht schielend:

„Möchtest du mal ein richtig schneidiges Foto von unserem Vater sehen?"

Der Boden unter meinen Füßen wurde mir weggezogen. Wie jetzt? Na klar, unbedingt!

„Zeig her! Was meinst du?"

Wilhelm wankte zur Fensterbank, stand dort kurz schwankend, wo eine Charles-Mingus-Platte lag, ein Kerzenständer stand, sowie leere Buddeln und ein kleines Schmuckkästchen. Er öffnete die Schatulle, und kam mit einem kleinen Schwarzweißfoto zurück. Er schob es kommentarlos über den Tisch, und nippte an seinem Getränk, gespannt, was ich dazu sagen würde.

Man sah einen Panzer IV, sowie einen Hauptmann und einen anderen Soldaten, dreckverschmiert und abgekämpft, dagegen lehnend. Im Hintergrund brennende Ortschaften. Beide grinsten frech, der Mann mit der Schirmmütze, um dessen Schultern eine Maschinenpistole umgehängt war, saugte genüsslich an seiner Pfeife. *Der Mann mit der Schirmmütze, und dem Ledermantel mit aufgestelltem Kragen… dieser Mann… dieser Mann war unser Vater!* Er sah ungefähr zehn Jahre jünger aus, als er mir im Gedächtnis geblieben war. Es musste aufgenommen worden sein, bevor ein Tapferkeitsorden seine Brust zierte. Hinter ihnen war ein Schild mit einer Aufschrift mit… Ortsnamen? Russischkenntnisse wie das kyrillische Alphabet brachte man mir in diesem Teil Deutschlands in der Schule nicht bei.

„Was steht denn auf dem Straßenschild, Willi?", fragte ich leise. Wilhelm klärte mich auf:

„Also… komm schon. *Moskva?* Da könntest du draufkommen. Naja, egal. Da steht: Moskau: so und so viele Kilometer entfernt. Dann: Cholm, so und so viele Kilometer da lang. Und der letzte Ortsname… naja…: *Demjansk…*"

Kurz zuckte etwas in mir zusammen… doch was, das wusste ich nicht. Mir war urplötzlich ganz anders. Gehemmt, wovon auch immer gehemmt, stammelte ich:

„Oha… und… in di… di… diesem… *Demjansk*… da ist der Vati mal gewesen?"

Wilhelm prustete, und sah mich stirnrunzelnd und mitleidig an.

„Gewesen, ja. Im Urlaub „*gewesen.*" Du Schwachkopf! Nein, soweit ich das beurteilen kann, war unser Vater da fast drei Monate lang eingekesselt!"

Ein Kerzenständer plumpste unvermittelt um. Mein Bruder lachte angetrunken, sah mich verschwörerisch an, ganz so als ob ich mir das gerade erklären könnte, und fragte eindringlich:

„Komm. Ich mix dir nen Glührbon, und wir trinken einen auf unseren Vaddi!"

Resigniert kippte er schließlich einen Schuss Glühwein in den Hartstoff von beiderlei Gläsern, statt umgekehrt den Glühwein anzureichern. Ohne mich großartig anzusehen. Andächtig legte ich das Foto wieder auf den Tisch, und konnte den Blick nicht abwenden von Vaters aufgestellten Augenbrauen und seinem verschmitzten Grinsen. Wie wenig von einem Menschen doch übrigblieb… er hinterließ hauptsächlich uns, jede Menge Fragen, und Muttern natürlich rote Augen. Leise willigte ich ein:

„Klar. Mach mir doch gleich einen „Wongac" dazu."

Was sich bewahrheiten sollte, war, dass keine der beiden Sachen sich als die weniger schlimme herausstellte, beide sich aber extrem gut miteinander multiplizieren ließen. Nach dem Totalabsturz bei Willi wachte ich völlig geschockt gegen Morgengrauen auf der zerschlissenen, mit Brandlöchern übersäten mintgrünen Sofagarnitur auf, und tastete wie blind auf dem Fensterbrett nach dem Wecker. Schließlich fand ich heraus, dass Willi ihn nicht aufgezogen hatte... doch dem geschulten Postbotenauge verriet die sich über die Schieferdächer legende, orange getönte Ladung Lichtstrahlen, dass der Tag sich bereits deutlich ankündigte. Damit war ich bereits viel zu spät dran! Ganz zu schweigen davon, dass ich gerade das versprochene Frühstück verpasste! Und das, wo sie die nächsten drei Wochen nur noch Nachtschichten hatte und ich noch früher raus musste wegen dem neuen Bezirk! Marie wird mir den Kopf abreißen, dachte ich mir. *Verflucht, stank ich nach Schnaps!*

Brechreiz, Brett vor dem Kopf und noch vorhandene Bettschwere machten das Aufstehen ungemein schwierig. Bei der leisesten Bewegung meldete der gebeutelte Verdauungstrakt seinen Unmut, würgend zog ich den Blumentopf näher. Sodbrennen, Schluckauf-die ganze Palette. Es wollte nichts den umgekehrten Weg durch die Speiseröhre antreten, bei mir verfluchten Seele stand wohl so mancherlei Kopf, denn allzu häufig in den letzten Monaten musste die Nahrung letztendlich wieder umkehren. **S c h e i ß e !** Wie ein alter Mann hielt ich mich am Mobiliar und der Wand fest, tastete mich durchs Halbdunkel ins Bad, vorbei an einem Zimmer, wo auf einem Bett in einem quasi begehbaren Plattenschrank gewordenem Raum mein Bruder alle vier Gliedmaßen von sich gestreckt schnarchend von der Lautstärke her einem Sägewerk mittlerer Größe Konkurrenz machte. Eine schnelle Katzenwäsche später folgte dann tatsächlich das fast schon ersehnte Kotzen...:

B...ü...ü...ü...ü...r...p – pla-a-a-a-tsch*

Wäh. Igitt. Also noch mal die Gusche ausspülen. Etwas Pomade vom Bruder geklaut! (Fast wurde ich nostalgisch.) Nach und nach fand ich die verschiedenen Teile der Postbotenuniform und quälte mich hinein, kurz juckte die Überlegung in meinen Fingerspitzen, die zwanzig Mark, die ich Willi leihen sollte, wofür ich doch eigentlich nur hergekommen war, wieder mitzunehmen. Kurz jedenfalls entlastete es mich von dem enormen Zorn und Selbsthass, ihm eine Mitschuld daran zu geben. Das Sägewerk lief weiterhin im Hochbetrieb. Pff... na gut. Aber so'n Kaugummi nahm ich mir, das war das Mindeste! Ernsthaft!? Manchmal kam mir das alles hier wie ein inszeniertes Theaterstück vor. Als ob Gott oder wer oder was die Fäden führte, hier nur ein Malen-nach-Zahlen-Rezept des kritzeligen Skizzierens und Ausmalens betreiben würde. *Lag da doch tatsächlich eine fingergroße, grün-weiße Packung „Wrigleys" mit Minzgeschmack.* Ein längliches Exemplar herausstibitzt später schnürte ich mir bereits die Schuhe zu, und dachte kurz über Gott nach. An ihn hatte ich schon lange, lange keinen Gedanken mehr verschwendet!

Als ich Vater einmal fragte, wieso zum Teufel Gott so viel Schlechtes auf der Welt zuließ, warum Menschen Menschen mordeten und Menschen Menschen hungern ließen, und so viele Leute so viel Leid erduldeten, zuckte er nur mit den Schultern und entgegnete:

„Gott selbst… schmeißt keine Bomben auf Städte. Gott befiehlt auch nicht Frauen und Kindern mit vorgehaltener Knarre, eine Grube auszuheben. Das sind immer noch die Menschen selber, die so was veranlassen und verantworten. Wir sind mit einem freien Willen geboren…"

Der freie Wille. Wie konnte ich nur so schwach sein! Selbst nach der kompletten Packung Pfefferminzkaugummis würde sie es riechen!

Im Postdepot fiel ich eigentlich nicht auf, da hier und da rote, von Äderchen durchzogene Suffnasen umherwuselten, sich Zeitungsstapel von Paletten abgriffen, zigarrillokauend die Kisten mit nach Bezirk vorsortierter Post hin und her wuchteten, Abkürzungen brüllten, Straßennamen lasen und nicht mal aufschauten, nachdem ich verstohlen die Tür zur Lagerhalle öffnete. Beschämt und geknickt schlich ich mich zu meinem Platz. Oh nein! Was zum…? Man hatte mir noch einen zusätzlichen Bezirk aufgebrummt! Mein kahlköpfiger Disponent winkte mich heran und brummte:

„Ahnert! Wieder mal ganz schön spät dran! Na, wenn das Sie mit den anderen zwei Bezirken schon schlaucht, dann sind das jetzt nicht die allerbesten Neuigkeiten! Für „B-143" kriegen Sie dann auch noch die Morgenpost mit!"

Dann überlud er mir noch die Tageszeitung des Viertels, in dem Marie und ich wohnten, sowie Bolles und Niklas Wohnung lag. Blitzschnell kombinierte ich:

„Herr Lascher, das passt ausgezeichnet, da wohn ich zufällig, da kann ich den Bums gleich zu Hause vorsortieren! Und für „B-114" mache ich mich gleich auf den Weg!"

„Nichts da, damit ist jetzt Schluss! Die Post und Zeitung werden hier fertig kommissioniert, die sollen die Leute nicht erst wieder zum späten Nachmittag kriegen, Jung'chen! Die Ohren sollte man dir strammziehen, du gammliger, faulenzender Taugenichts!"

Privileg passe. Hängenden Mundwinkels trug ich den Sack mit den Briefen und das verschnürte Zeitungspaket zu meinem Tisch und begann, verschiedene Stapel zur errichten und sie jeweils in gerade und ungerade, auf und absteigend zu sortieren. Pff... P F F . . . ! Puh... Kurz versank ich hinter den aus Zellulose aufgetürmten Mauern meines Tagewerks, und ergänzte im Geiste die auf dem Dachboden versteckte Fuhre des Vortags und Vorvortags. Mir blieb seit Wochen die Spucke weg und es fehlte komplett nicht nur an Lebenskraft, sondern auch an Tageszeit, alles Aufgeschobene überhaupt noch bewältigen zu können. Bei der Zeitung hatte ich keine Wahl, aber die vielen Briefe, Magazine und Werbebroschüren - was machte es schon, wenn sie, ein, zwei Tage, drei Tage, eine Woche später erst, eintrafen? Dann war das Angebot in der Reklame der Zeitschrift eben nicht mehr gültig. Verlautbarten die vielen sublimen weltpolitischen Regungen in der von mir ausgetragenen Presse nicht ohnehin immer mehr das Ende der Welt? Mit der Atombombe hatte der Mensch die totale Macht der Elemente entfesselt, und was die Supermächte hatten, würden sie auch einsetzen. Es konnte sich aller Zwist ja nicht immer nur in Stellvertreterkriegen wie in Korea entladen. Zack, zack, und beide Seiten wären schachmatt. Und dann würde alles Asche werden, alle Bauern, Läufer, Türme und Pferde. Ganz vielleicht würden sich die Paare von König und Königin auf ihrer Seite des Spielbretts noch einbuddeln und die letzten paar Tage bis zum jüngsten Gericht als Maulwürfe fristen. Wie viel sollte man der Menschheit denn zutrauen? In diesem Jahrhundert war es doch schon passiert, dass sich Brüdervölker, vom chemisch-industriellen, militärisch-rüstungstechnischen Wirtschaftskomplex befeuert und beflügelt, mit Giftgas beschossen, und kaum hatte man die Kernspaltung gemeistert, dauerte es nicht lange, bis das Rad der Geschichte sich soweit gedreht hatte, dass man auch dies sofort aneinander ausprobierte. Mit einem üblen Beigeschmack ordnete ich den Stapel an Tageszeitungen, deren Schlagzeile vermeldete, dass die Stationierung von Atomraketen in der Türkei wohl nicht so ganz nach dem Geschmack der Russen war. Wie sollte man auf solch eine Bedrohung reagieren? Jeder konnte doch von jetzt an nur noch mehr Öl ins Feuer kippen. Oder besser gesagt, Feuer ins Öl kippen…; - so brenzlig war die Lage mittlerweile! Einmal würde der Kalte Krieg heiß werden, eine Höllenhitze die Kontinente überziehen, und ein nuklearer Winter eine neue Eiszeit einläuten: … wenn nur ein paar einzelne Faktoren dieses schicksalsschwangeren Jahrhunderts den Ausgang des dritten und letzten Weltkriegs, der nicht mit Keulen und Steinen geführt werden würde, in die Wege leiten würden…

Ich trug noch viele Zeitungen aus, deren Schlagzeilen mir sukzessiv immer mehr Angst bereiteten. Die Aufrüstungsspirale des Kalten Krieges kannte nur die eine Richtung: Immer weiter hinauf, immer schneller und schneller drehte sich das tornadoartig wirbelnde Karussell der sich befehdenden Supermächte, und es saugte ein und verschlang alles, was seinen weltpolitischen Weg kreuzte.

Nach dem Besuch bei Wilhelm im Hoheitsgebiet seiner Majestät von und zu Ethanol und dem folgenden Krach mit meiner Freundin trank ich erst heimlich, dann gab ich mir immer weniger Mühe, es zu verbergen, und schließlich, schließlich machte ich gar keinen Hehl mehr daraus.

Eins führte zum anderen, für den Leser ist es sicherlich nicht schwierig, sich auszumalen, dass mein Marienchen irgendwann ein tränenverschmiertes Backpfeifengesicht zurückließ. Die letzten leeren Versprechungen waren wie Schall und Rauch verklungen, in den Äther hinein gelogen, federleichte Lügen, ohne jegliches Gewicht. Das Funkeln erlosch. Es erlosch und wurde anderswo wieder angefacht. Wann und wie und vor allem, warum... dieser schleichende Prozess des Erweckens ihrer Frühlingsgefühle entzog sich meiner Kenntnis, obgleich mein verletztes Goldfischglas von Verstand die vielen schleichenden Signale sehr wohl mitbekam, es aber nicht wahrhaben wollte. Irgendwann... i r g e n d w a n n ... irgendwann jedoch sah ich den gelben Käfer vor dem Mietshaus von Niklas und Bolle parken. Bolle schickte mich stirnrunzelnd weg, plapperte irgendetwas von wegen, sie sei betrunken gewesen und habe lieber nach Hause laufen wollen, statt den Wagen zu nehmen. Niklas sei „nicht da". Beim nächsten Spontanbesuch, den mein zugesoffenes und bluesmusikbedürftiges Gemüt veranlasste, stand der Wagen wieder dort. Verbissen lachte ich noch darüber, dass sie jetzt wohl auch am Bechern Geschmack gefunden hatte. Dann jedoch blieb mir mein Lachen im Halse stecken, und dies für immer: Als die Tür aufging, und ein halb nackter, völlig zugedröhnter Niklas die Tür öffnete, sah ich sie im Bademantel im Türrahmen seines Zimmers stehen. So erschreckt und peinlich berührt Nick auch mit dem Kopf schüttelte und mit den Achseln zuckte, unter mir brach der Boden weg. Just in diesem Moment, brach mir der Boden vollständig weg. Jemand schien der Atmosphäre unseres Heimatplaneten allen Sauerstoff zu entziehen, und ich schaute, dass Niklas mich auf keinen Fall berührte, als er mir beschwichtigend die Hand auf die Schulter legen oder mich am Arm festhalten wollte. Nicht einmal seinen Schatten würde ich fortan noch streifen wollen! Nach Luft ringend stürzte ich das Treppenhaus herunter, vom Adrenalin fast wieder nüchtern; ... nur einmal sah ich kurz hinter einer weggeschobenen Gardine die zwei kastanienbraunen Diamanten, wie sie mir mitleidig nachäugten, traurig, dass ich es auf diese Weise erfahren musste. Die ersten Tränen kamen erst zwei Tage später. Doch von da an wollte der salzige Springbrunnen nicht mehr versiegen. Herzschmerzen... Bauchschmerzen... Kopfschmerzen...! Gluckerdigluck, gluckerdigluckerdigluckerdigluck. G l u c k! Gluck. Gluck, gluckergluckgluckgluck. Gluck, gluck... gluck. Mannigfaltige Mordfantasien wurden aus meinem Hass heraufbeschworen, sie wechselten sich mit der Eifersucht ab. Doch zunehmend, zunehmend sollten sie sich an den richtigen Adressaten richten - mich selbst: ...dem Schuldigen.

Irgendwann kam er, der Tag, an dem sich mein Hass auf die gesamte Weltbevölkerung ausdehnte.

Und es folgte dann alsbald ein schwarzer Samstag, am 27. Oktober des Jahres 1962, an dem sich mein insgeheimer Wunsch nach dem Weltuntergang erfüllen sollte...

Neuntes Kapitel

Helle Aufregung. Ich sah einem Feuerwehrlöschzug mit heulendem Martinshorn nach, wie er um die Ecke sauste. Immer mehr Menschen quollen aus ihren Häusern, beladen mit Hab und Gut. Aua, *auweia…* mein Schädel! Irgendetwas musste ich verpasst haben. Wieder einmal war ich erst am frühen Nachmittag aus der Bewusstlosigkeit erwacht. Meine Herren, wenn diese elektrisierende *Weltuntergangsstimmung* nicht wäre, hätte ich schwören können, dass ich mir das hier alles gerade nur einbildete! Doch irgendwas war hier im Busch, etwas, wovor sich insgeheim jeder unfassbar fürchtete, womit jedoch insgesamt niemand gerechnet hatte. *Wobei* …es lief doch letztens irgendwas im Rundfunk! Da war doch…? Meinte nicht letztens jemand vom Bundesamt für Katastrophenschutz, den Bürgern sei angeraten worden, einen Lebensmittelvorrat anzulegen? Und auch Jod-Tabletten zu bevorraten? Ausreichend Trinkwasser bereit zu halten, um mehrere Wochen überstehen zu können? Blöd nur, dass ich meine letzten paar Mark versoffen hatte… das kam nun mal wieder davon, wenn man sich in seiner Drecksbutze einschloss, und den ganzen lieben langen Tag selbst bemitleidete, schnulzige Doo-Wop-Platten rauf und runterhörend, und der Trunksucht ausgeliefert, statt sich auch nur eine Handbreit mit dem politischen Tagesgeschehen zu beschäftigen!

Auch wenn ich es zuerst nicht wahrhaben wollte, jagten mir die fragmentarischen Gesprächsschnipsel, die mir peripher ins Ohr drangen, eine Heidenangst ein:

„Heute sind die Panzer in Westberlin eingerollt! - …die Russen haben sich anscheinend ihren Pfand wiedergeholt! Hören Sie denn gar keine Nachrichten?", rief ein besorgter Mann geschockt einer älteren Dame zu, die über den ganzen Trubel genauso erstaunt schien wie ich.

„Die US-amerikanische Luftwaffe ist angeblich in allerhöchster Alarmbereitschaft!", rief eine besorgte Frau ihrer Nachbarin zu, die mit einem Kinderwagen und zwei laut plärrenden Kleinkindern im Schlepptau auf dem Weg zur Bushaltestelle war…

„Und vor Fulda und bei Lübeck gibt es große Truppenverschiebungen! Es ist von mehreren Panzerdivisionen der Russen die Rede, und die gesamte NVA wurde für den Ernstfall mobilisiert!", lautete ihre nicht gerade beruhigende Antwort…

Ein alter Mann stützte sich auf seinen Gehstock und rief aufgeregt zu seiner Ehefrau, die sich links bei ihm eingehakt hatte:

„Mensch… Margret, do! Dat wird aber Stunk geben, ich sech di dat, do!"

Sie antwortete ängstlich:

„Oh Gott, oh Gott! Wenn dat alles wahr is, denn nützen uns die Luftschutzräume aus dem letzten Krieg auch nicht mehr viel."

Ich ließ mich mit der in Panik versetzten Menge treiben, ließ mich mit zerren von der nun den Hauch einer Todesahnung habenden Bevölkerung.

Irgendetwas musste gerade im Rundfunk durchgesagt worden sein, denn innerhalb einer Viertelstunde waren die Fußwege mit Menschen verstopft, die nicht so recht wussten, was sie tun sollten. – Sie folgten einfach der Richtung der hupenden Autos, die sich bereits endlos hinter und nebeneinander reihten. Alle wollten in diesem Moment nur noch eines:

RAUS. RAUS AUS DER STADT…

„Heute gegen frühen Morgen amerikanischer Zeit gab es einen Zwischenfall vor Kuba, mit einem sowjetischen U-Boot, das angeblich mit Atomwaffen bestückt war!", rief ein Mann mit Reisekoffer seinem flüchtenden Gegenüber zu…

Dieser entgegnete: „Ja, man munkelt, es hätte eine Rakete auf einen Zerstörer der US-Marine abgefeuert!"

„Aber das sind doch nur Behauptungen!", warf der eine verärgert ein…

„Oder es war ein Blindgänger! Oder man hat es aus strategischen Gründen unter den Teppich gekehrt! Aber ich habe mit meinem Schwiegervater telefoniert, der ist Oberst bei der Luftwaffe. Er hat gesagt, dass wir seit heute offiziell im Krieg sind! Die Yankees haben all ihre Raketenabschussrampen in der Bundesrepublik, Großbritannien, Griechenland und der Türkei scharfgemacht!"

Der Mann mit dem Reisekoffer ließ sich das nicht zweimal sagen und legte noch einen Zahn zu. Mit nun deutlich mehr Stirnfalten und sorgenvoll herabhängenden Mundwinkeln fragte er den Mann, der mit leichtem Gepäck zur Bushaltestelle eilte:

„Das klingt ja fürchterlich! Und was hat ihr Herr Schwiegervater noch so erzählt!?" Ein wenig sehr fassungslos, wirklich überaus besorgt sagte der Mann leise, nachdem er stehengeblieben war, um sich umzusehen, ob viele Leute zuhörten:

„Unser Raketenabwehrschild wird uns hier in Europa nicht allzu viel nützen. Die haben ja nicht mal genug Luftabwehr da drüben überm Teich, um ihr Washington DC zu schützen. In der Luft sind nuklear bestückte B-52-Bomber, die nur auf den Befehl warten, Kurs auf Moskau zu nehmen, und den Herrn Chruschtschow zu vaporisieren. Gleichzeitig… und gleichzeitig ist die Ostseeflotte der Warschauer-Pakt-Staaten bereits auf den Weg hierher!"

So langsam wurde auch mir der Ernst der Lage bewusst. Dies hier war kein Traum, sondern mitunter der Anfang des dritten und letzten Weltkrieges. Angespannt wartete ich seine Antwort ab, die da lautete:

„Aber Hermann, das bedeutet ja… also… wenn es… Gott behüte; - wenn es nun…", der Mann rang jetzt um Worte, „… wenn es… zu einem bewaffnetem Konflikt kommt, dann… was ist… wenn… wenn… wenn es nicht bei konventionellen Waffen bleibt?"

„Tja, Vincent. Also dann heißt's: Gute Nacht! Schätze, die Landeshauptstadt kriegt mindestens eine taktische Atomwaffe ab, wegen dem Marinestützpunkt und dem HDW-Werk. Wenn wir schnell sind, könnten wir vielleicht…;"

Nun trugen auch meine Füße mich weitaus schneller fort

vom Ort des Geschehens. Kurz blickte ich hinüber zu den gigantischen Kränen der Howaldtswerke. Ein Rüstungsbetrieb, ein oder zwei Kasernen und ein paar im Hafen dümpelnde Kriegsschiffe schienen ausreichende Rechtfertigung, Kiel und seine Bewohner einzuäschern… Die Bushaltestelle war proppenvoll. Ein bis zum Zerbersten gefüllter Linienbus, der hier nicht einmal mehr anhielt, wurde wegen des nur im Schritttempo vorwärtskommenden Verkehr von den Leuten an der Haltestelle bedrängt, die aufgebracht gegen Frontscheibe und Türen schlugen. Das fing ja alles schon mal ganz gut an. In Ordnung, denn mal lieber zu Fuß weiter zum Bahnhof! Ehe die anderen verlorenen Seelen dorthin aufbrachen, und mir die paar Quadratzentimeter Stehplatz im Zug streitig machten. (Tja, so schnell dachte wohl jeder nur noch an sich.)

Eine ganze Stadt machte sich von den Socken. Immer wieder drangen neue Hiobsbotschaften in mein Ohr:

„Die NATO lässt uns einfach im Stich! Die haben Befehl, zurückzuweichen…“

„Ja, genau! Westberlin haben die Amerikaner ja auch kampflos den Sowjets überlassen!“

Damit hatte ich bis zuletzt nicht gerechnet. Die Lage war zwar ziemlich angespannt… aber ein wenig mehr Vernunft hätte ich der Menschheit eigentlich schon zugetraut!

„Und die Chinesen, sie… sie haben bereits Taiwan den Krieg erklärt! Das wird ein weltweiter Flächenbrand!“

„Mit ein wenig Pech ist es auf der gesamten Nordhalbkugel bald zappenduster!“, rief jemand mit einem Sinn für Pessimismus.

Am Germaniahafen vorbei schritt ich immer schneller auf den Hauptbahnhof zu. Die Polizei begann, Straßensperren einzurichten... die Leute stiegen verärgert aus ihren Wägen und bedrängten die Beamten, aufgebracht auf Frau und Kind in den Autos zeigend. Doch die ebenso ratlosen wie verängstigten Einsatzkräfte wussten auch nicht weiter, was zu tun war. Sie wussten nur, dass die Zufahrtsstraßen frei bleiben mussten für Rettungsfahrzeuge…

Plötzlich kurbelte einer der Autofahrer, die nun hier haltmachen und umkehren mussten, die Fenster seines Volkswagens herunter und rief die umstehenden Passanten herbei. Auch mich zog es widerwillig näher. Sein Gesicht war kreidebleich, als er stammelte:

„LEUTE…!? Leute, Leute, Leute!? Es… es… es geht gerade los! Wir sind… wir… sind völlig verloren!“

Er drehte das Radio lauter, bis zum Anschlag, damit alle es hören konnten:

„Brzzz-krizzzl*… brzzzz*…Wir wiederholen nochmal folgende Durchsage: Bestätigten brzzzl*-richten zufolge haben… brzzz*… in der letzten Stunde große Truppenverbände der Warschau-brzzzl*-Pakt-Staaten die Grenze zur Bundesrepublik Deutschland und anderer NATO-Bündnispartner überschritten. So konnte trotz mehreren schweren Gefechten mit der Heimatschutzdivision der Bundeswehrlandstreitkräfte ein sowjetisches Vorrücken in Richtung Lübeck nicht verhindert werden. Gleichzeitig stehen im Raum Fulda … brzzz*…Bundeswehr und vereinzelte alliierte Streitkräfte der Vereinigten Staaten einem massiven russischen Kampfpanzervorkommen gegenüber. Der… brzzz*… Bevölkerung wird geraten, Schutzräume oder Luftschutzbunker aufzusuchen, oder alternativ, das Haus nicht zu verlassen, und gegebenenfalls ihren Keller aufzusuchen. Bitte bewahren Sie Ruhe… brzzzl*-krizzzl* … wir wiederholen noch einmal die letzte Durchsage… Bestätigten Berichten zufolge haben in der letzten Stunde große Truppenverbände der Warschauer-Pakt-Staaten die Grenze zur Bundesrepublik Deutschland und anderer NATO-Bündnispartner… brzzzl-brzzzl* über;… BRZZZL-KRZZZL*-ZUP*…"

Nun empfing das Autoradio gar nichts mehr…

Entsetzen, nackte Panik und die gemeinsame Angst um die eigene Haut breiteten sich in Windeseile aus! Der Mann würgte hektisch seinen Wagen ab, steig mit Frau und Tochter aus, und holte die drei schwer gepackten Notfallrücksäcke aus dem Kofferraum. Einige blieben, wie in Schockstarre, mit am Lenkrad festgekrallten Händen sitzen, den verstörten Blick festgeheftet auf das Radiogerät, nicht wissend, ob sie das gerade alles wirklich gehört hatten… während um sie herum das Ausbrechen der Hölle immer mehr Fahrt aufnahm…

Mit nichts als meinem Kater im Gepäck trottete ich dem verängstigten Menschenstrom hinterher. Man sah, dass viele zum Bahnhof strömten. Ich beeilte mich noch mehr, lief an Familien mit Koffern und weinenden Kindern vorbei, drängelte mich regelrecht vor. Tja, die

Vor- und Nachteile fehlender sozialer Verbindungen, ledig und kinderlos stirbt es sich sicher leichter, dachte ich mir, meinen schnellen Gang beschönigend.

Die große Bahnhofshalle, die normalerweise zwei Laufrichtungen kannte, nämlich einerseits die Leute, die abreisten sowie die Ankömmlinge, welche von einem der Bahnsteige kommend einem der Ausgänge entfleuchten, diese große Bahnhofshalle, die in Friedenszeiten Start und Zielpunkt von Familienurlauben und im Krieg von Truppentransporten gewesen war, kannte nur noch die eine Richtung: Hinein, hinfort, hinweg! Das Gemäuer schickte sich an, mehr und immer mehr Menschen aufzunehmen…

Es war die Morgendämmerung von dem Tag des Jüngsten Gerichts. Unheilvolle Ahnungen standen den Menschen den Menschen ins Gesicht geschrieben. Veteranen des letzten oder sogar beider Weltkriege standen still da, mit Klößen in den Hälsen schauten sie unruhig in die Ferne, und schüttelten kaum merklich die Köpfe, erschüttert darüber, dass nun erneut eine so schwere Zeit für das eigene Volk und die Menschheit allgemein anbrach. Und ihre Frauen wussten selbstverständlich genauso gut, dass vom Menschsein erschreckend wenig übrigblieb, wenn der Krieg mit seinem harten linken Haken zulangte. Dass jeder Anspruch auf Normalität zunichte gemacht wurde, wenn es plötzlich rumste, und die Bilder und Uhren von den Wänden fielen… es würde wieder knallen und der Krieg würde den Menschen sein unbarmherziges, Mann und Frau, Kind und Kegel, Freund und Feind verschlingendes Regelwerk aufzwingen, festlegen, was die neue Realität war: Dass eben statt Blumentöpfen wieder schwere

Maschinengewehre auf die Fensterbänke gehörten. Oder dass man mit einer Schaufel nicht nur Gartenarbeit verrichten konnte, sondern auch erstklassige Schützenlöcher ausheben, oder im Nahkampf fremden Vätern und Söhnen den Schädel spalten. Es würde für den Einzelnen wie immer enden, in jedem Krieg jeden Zeitalters. Am Anfang würde man noch siegesgewiss triumphträchtige und vor Stolz triefende Marschlieder aus breiter Kehle singen. Am Ende würden wieder nur im Chor die Sterbenden ihr leise gehauchtes Gestöhne keuchen und die Verwundeten ihre gellenden, markerschütternden Schmerzensschreie herausbrüllen… und wenn dann Gevatter Tod, der in diesem Jahrhundert wohl einen unermesslichen Hunger auf menschliche Seelen gefasst hatte, wenn dann der Schnitter mit seiner Sense kräftig ausholte, dann würde die heutige Waffentechnik ausreichen, um Jahrtausende an Kultur unter sich zu begraben… Feuer würde vom Himmel regnen, und im Feuerschein der ausgebombten Städte würde der allerletzte Homo Sapiens den vorletzten Menschen für einen Schluck Wasser erschlagen, bevor er einen Tag später strahlenkrank verenden würde…

Ich kämpfte mich weiter bis zum Bahnsteig, von dessen Gleis der Zug nach Eckernförde abfuhr. Wo, wo nur hin? Ein kindliches Verlangen nach meiner Mutter ergriff plötzlich mein Herz. Ja, ich musste zu ihr fahren, und ihr beistehen, das war das Mindeste! War mein ehemaliger Wohnort Süderbrarup weit genug weg, wenn man eine Atombombe auf die Landeshauptstadt warf? Egal. Ich würde das Risiko mit der Strahlung auf mich nehmen, plündern, was noch zu plündern war… wir würden einfach mit unserem Heino zusammen im Keller ausharren… *bis Hilfe käme.*

Nach verwirrenden Durchsagen über Zugausfälle gongte es dann doch, und man sah, wie sich eine Dampflok mit einigen Personenwägen hinten dran schnaufend näher schob. Ich trat aus der überdachten Halle heraus, dort wo das Gedränge weniger dicht war, um eine wenigstens etwas günstigere Position zu ergattern. Mehrere Düsenflieger sausten krachend und kreischend über unsere Köpfe hinweg. Sind die… - wegen? Oh Gott, ach du Scheiße! Als die Waggontüren sich öffneten, kamen nur wenige Passagiere zum Vorschein. Klar, war ja auch die völlig falsche Richtung… vielleicht aber wollten sie die Apokalypse auch einfach lieber im Kreis ihrer Familie und Liebsten erleben.

Durch und durch *durch* fand ich mich eingequetscht in einen der Zugangsströme wieder. Dass Flussprinzip sog mich mit, machte aus den Einzelnen viele, und aus den Vielen etwas Einzelnes. Es dauerte nicht lange, und der Zug war rappelvoll. Die Leute erbarmten sich, drängten sich fest aneinander, um wenigstens noch ein paar freie Quadratzentimeter zu erübrigen für ein paar wenige Personen, die gerettet werden könnten! Der Schaffner gebot der protestierenden Menge, zurückzutreten, und bat die Insassen, die Türen zu schließen. Längst nicht alle kamen ihm nach, und ich sah, nun aus dem rettenden Inneren, wie ein aufgebrachter Mann wütend an des Schaffners Schulter zerrte, und empört rief, dass seine Frau und die übrige Verwandtschaft sich bereits im Zug befänden. Viele hatten ihr Gepäck stehenlassen, um doch noch Platz zu finden. Der Schaffner, der nicht so recht wusste, wie er den Zug so abfertigen sollte, nahm seine Mütze ab und wischte sich achselzuckend über seine verschwitzte Halbglatze. Er bat um so etwas wie Verständnis vor der hundertköpfigen Hydra, bei der er immer eine Person zurzeit vertrösten konnte, während gleichzeitig aber drei neue Leute kamen, die ihn anflehten, mitgenommen zu werden. Schließlich fielen dann doch immer mehr Waggontüren mit einem unbarmherzigen Knallen zu. Die Unversehrtheit weniger wurde wieder einmal durch die Gefährdung vieler erkauft. Wollte gar nicht wissen, was mittlerweile vor den Hochschutzbunkern und Luftschutzräumen los war…

Die Lok zischte und pfiff. Immer schneller und schneller arbeiteten die Kolben:

> *… Tschiiisch-tschiiisch-tschiiisch-tschiisch**
> *tschiisch-tschiisch-tschiischt-tschiisch**
> *tschisch-tschisch-tschisch-tschisch**
> *tschisch-tschisch-tschisch-tschisch**
> *tschisch-tschisch-tschisch-tschisch* …*

Sich aus den ihn verzweifelt festhaltenden Klammergriffen lösend, die verschreckten und flehentlichen Rettungsbegehren abschüttelnd, sagte der Schaffner sich vom Bahnsteig und auch von seiner Menschlichkeit los. Eilig wirbelte er mit der Signalkette zur Abfahrt, und pfiff seine zwei Signaltöne zur Abfahrt. Der Lokführer ließ seine Lokomotive ihrerseits mit einem *Tuuut-Tuuut** antworten, und gewährte der angestauten Dampfenergie im Kessel, sich in eine Vorwärtsbewegung zu verwandeln… diese Ankündigung, dass sich ihre letzte Fluchtmöglichkeit nun eindeutig von ihnen wegbewegte, ließ jetzt auch die Menschen auf dem Bahnsteig ihre Menschlichkeit vergessen. Nun rempelten sie den Schaffner entzürnt an, oder schlugen nach ihm. Schnell sprang er auf den bereits losfahrenden Zug auf… was hätte er denn auch großartig anderes tun sollen? Die

Passagiere in die Höhe stapeln? Wenn das mit den Kernwaffen stimmte, waren sie hier ohnehin besser aufgehoben. Ist doch schließlich sicher besser, blind vom Lichtblitz innerhalb von Sekundenbruchteilen zu Asche zu werden, als in den Trümmern der postapokalyptischen Welt über mehrere Wochen dahinzusiechen, um schließlich strahlenkrank zu verdursten…

Die Leute eilten dennoch hinterher, versuchten auf den Regionalzug aufzuspringen, sich festzuhalten, der Schaffner trat verzweifelt nach jenen, die ihn aus dem Türbereich zerren wollten. Ein beherzter Fahrgast zog ihn ins Innere, und schloss schließlich die Tür. Zittrig und ganz bleich geworden, verschnaufte der Schaffner, nahm seine Schirmmütze der Deutschen Bahn ab, und stammelte reumütig;

„Menno, icke kann doch och nüscht dafür! Mehr Leute pass'n hier beim besten Willen net nei!"

Die Leute, sichtlich glücklich darüber, zu den Auserwählten zu gehören, vertrösteten ihn, bekräftigten ihn mit jedem Schulterklopfer nochmal, dass es nicht seine Schuld war. Schuldbewusst sah er den Leuten hinterher, seinem Blick nach war so eben etwas in ihm gestorben. Sein kleines Schaffnerherz war zersprungen, und er fragte sich vielleicht, ob er im Augenblick des Todes vor dem Himmelstor stünde, und abgewiesen werden würde, während die anderen Verstorbenen, jene auf der anderen Seite des Zauns, die Leute vom Bahnhof, ihn nur mitleidig ansehen würden.

Langsam zuckelte der Zug aus dem Bahnhof raus, schaukelnd und träge. Er schien auf das Gewicht so vieler Fahrgäste bestimmt nicht ausgelegt zu sein… gespenstische Stille herrschte im Waggon, nur hier und da unterbrochen von leisem Weinen oder ungläubigem Flüstern. An ein Fenster gequetscht, sah ich zur Stadt, und riss die Augen auf: Das Tor zur Hölle war wohl bereits einen kleinen Spalt breit geöffnet!

Vom Ostufer stieg eine schwarze Rauchsäule auf. Feuerwehr-, Krankenwagen- und Polizeisirenen heulten um die Wette. Vereinzelt knallten irgendwo Schüsse. Irgendwo im Bahnhof gingen Fensterscheiben zu Bruch. Auf den anderen Bahnsteigen spielten sich tumultartige Szenen ab:

Eine um sich schlagende, auf einmal virusartig grassierende Panik ergriff die Köpfe der Großstadtmenschen, sie brüllten, brüllten wie Affen im Dschungel, entdeckten ihre Affenfähigkeiten wieder, schlugen sich zähnefletschend auf die Brust, überhäuften das Bahnpersonal fauchend mit Drohgebärden, und gingen mit weit gespreizten Beinen und angewinkelten Armen in Angriffsstellung. Sie sprangen und hüpften auf und ab, klopften und hämmerten gegen die Waggontüren. Alte Menschen droschen empört mit ihren Krückstöcken gegen die sich hochkurbelnden Fenster, Mütter hielten ihre Arme schützend über ihren an sich gedrückten Nachwuchs, wie Vögel es mi ihren Flügeln taten… diejenigen Jungspunde, die ihre stammesgeschichtlichen Kletterkünste im Adrenalinrausch wiederentdeckt hatten, hängten sich an Geländer, Treppenstufen oder an den noch geöffneten Fenstern fest, oder begannen, auf die Zwischenräume zwischen den Waggons zu klettern, oder gar auf die Lokomotive zu kraxeln. Auf anschwellendes Gebrüll vor dem Bahnhofsvorplatz und weiter vorne in der Halle folgten Warnschüsse der Polizei.

Direkt neben uns auf dem Bahnsteig, auf dem der Zug nach Hamburg stand, sah man nur noch, wie Leute ins Führerhaus drangen, ein Handwerker den anstürmenden Heizer mit einem Hammer erschlug, und ein anderer mit zwei drei warnenden Schlägen den Lokführer vor die Armaturen zerrte, und dieser erst protestierend, dann widerwillig begann, Ventile zu betätigen. Ein lautes Pfeifen ertönte und eine große Dampfwolke entwich dem Zylinder. Die Querstreben des Fahrwerks setzten sich in Bewegung, die mannshohen Räder begannen sich zu drehen. Ganz langsam schob sich auch dieser Zug aus dem Hauptbahnhof heraus. Wir ließen den Bahnhof, der in diesem Moment von einer kreischenden Menge gestürmt wurde, hinter uns.

Gespenstische Stille, während der kreidebleiche Schaffner sich durch die gedrängte Menge quetschte. Es war nur das leise stockende Weinen eines Kleinkindes zu hören, das war das Allerschlimmste. Keiner sah den anderen an. Ein bedrückendes Schuldgefühl den anderen Menschen in der Stadt und jenen am Bahnhof gegenüber hielt unsere Köpfe gesenkt. Oh Mann, die armen Kinder, und die alten Leute, sie taten mir am meisten leid. Ein gesamter Kontinent wurde zum Kamin, und die Menschen zu Brennholz degradiert.

Und trotzdem hatte ein beleibter Typ mittleren Alters mit Kartoffelgesicht und Schweinsnase nichts anderes zu tun, als seine zur Seite gekämmte Scheitelfrisur nachzujustieren, den Schaffner am Ärmel zu zupfen, und schnaufend und verlegen zu fragen:

„Werter Mann, zu meinem peinlichen Bedauern muss ich bekunden, dass ich wegen dieser turbulenten Ausnahmesituation *leider keinen gültigen Fahrschein* besitze. Welchen Betrag muss ich denn jetzt als erhöhtes Beförderungsentgelt entrichten?!“

Der Schaffner war total baff und sah ihn nur mit offenem Mund an, schüttelte den Kopf, und ging stirnrunzelnd weiter. Ein heruntergerockter Typ mit Elvis-Tolle und Lederjacke, der sich laut seinem schnalzenden Kiefer und den tellergroßen Pupillen nach zur Feier des Tages seine gesamten restlichen Drogenvorräte eingeschmissen haben musste, betrachtete schadendroh grinsend den auf alle Formalitäten bedachten Zeitgenossen. Dann fuhr er dem Typen durch die Haare und scherzte:

„Keine Sorge, Freundchen! Das Ticket hier raus bezahlst du mindestens mit deinen Haaren, haha!“

Der Mann drehte sich angeekelt weg, der Rockabilly grinste verstohlen, nahm auf einige geschluckte Pillen noch einen Schluck Whiskey und grölte zynisch in die Menge:

„Was is‘n los, Leute, he!? Hilft mir jemand, mein Chloralhydrat und Benzedrin aufzubrauchen? Es gibt keine Konsequenzen mehr für irgendwas! Und zugedröhnt stirbt es sich doch sicher am besten! Keine Konsequenzen! Hast du gehört, Baby!?“

Er strich mit einem ekelhaften Blick einer jungen Dame über die nackte Haut ihres Oberarms, und erntete dafür ein schrilles Kreischen.

Ich stieß ihn an, interessiert am Rauschgift und nicht ohne den Hintergedanken, das arme Mädel vor diesem Rowdy zu bewahren:

„Das klingt sehr logisch, was du gesagt hast. Hast du vielleicht auch so… eine… Tablette von diesem Wachmacherzeugs für mich!?“

Er wandte seinen lüsternen Blick ab vom Hintern der Frau, seine Augen wurden zugekniffen, als er in mir einen, zumindest vom Konsumverhalten, Bruder im Geiste erkannte. Schelmisch grinsend formte sein malmender Kiefer:

„ABSOLUT, ALDER! Klar, man! Hier, schmeiß rein, alter, nur nicht sparsam sein, der alte Onkel Doktor hat mehr als genug! Könnte ein echt langer Tag werden!“

Er holte aus der Brusttasche seines Bowlingshemds eine ganze Handvoll Amphetaminpillen und ließ einen großen Haufen in meine Hand gleiten, ignorierend, wie viele auf den Boden fielen und zwischen unseren Füßen umherkullerten. Sarkastisch bedankte ich mich, nachdem ich direkt zwei mit einem Schluck seines Whiskeys herunterspülte:

„Vielen Dank, man! Vielleicht wird es aber auch ein sehr, sehr kurzer Tag für uns alle.“

Er nickte mit einem trockenen Lachen und blökte dann:

„Was ist los, Leute, will sonst niemand? So lebendig wie jetzt kommen wir bestimmt nicht mehr zusammen. Vielleicht bleiben uns echt nur noch ein paar Stündchen!

Bald sind wir doch eh verstrahlt wie nichts Gutes, ey. Lasst uns doch noch'n bissl Party machen, bisschen Rambazamba, ha!?"

Aus einem Jutebeutel holte er eine kleine orange Kindergitarre heraus, und erklärte feierlich:

„Passt mal gut auf, ich habe auf dem Weg zum Bahnhof noch nen kleinen Song geschrieben, jetzt hört mal gut zu!"

Er schwang die Hüften und begann zu trällern:

Well, it's Saturday morning, and we all are fucked
*Klimperklimperklimperklimperdiklimp**
Cuz' of old Uncle Sam und his cousin Iwan
*Klimperklimperklimperklimperdiklimp**
Try'n to escape, while the Planet's blown up
*Klimperklimperklimperklimperdiklimp**
It looks like Judgement Day has just begun
Klimperklimperklimperklimperdiklimp
THEY GONNA DROP THE BOMB
THEY GONNA BOMB ME UP
THEY GONNA DROP THE BOMB
THEY GONNA BOMB YOU UP
THEN THEY'RE GONNA DROP THE BOMB
AND BURN OUR ASHES AGAIN!

Bei dieser fetzigen Rock'n'Roll-Nummer wippte mir sofort der Fuß. Ein fetziges Solo folgte, leider ließ sich nur niemand von seinem Hit und seiner guten Laune anstecken. Ich konnte mir zumindest ein kleines Schmunzeln, mein vielleicht vermutlich letzter Schmunzler auf dieser Erde, nicht verkneifen.

Währenddessen kam es zu tumultartigen Geschehnissen im Wagen neben uns, man konnte plötzlich das aufgebrachte Geschrei eines Einzelnen hören, und wie eine Menge anderer versuchten, den brüllaffigen Zeitgenossen zu beruhigen, irgendwie zur Besinnung zu bringen. Als der Schaffner die Schiebetür aufmachte, waren seine ausgeflippten Warnrufe und düsteren Prophezeiungen auch hier bei uns zu hören:

„BEI DEN GÖTTERN, RAGNARÖK IST NAH! BALD WIRD HEIMDALL SEIN HORN BLASEN! DER FENRISWOLF WIRD UNS ALLE VERSCHLINGEN! SELBST DIE GÖTTER MÜSSEN STERBEN!"

„Jetzt halt doch endlich deine Fresse", maulte ihn ein desertierter Soldat an. Davon unbeeindruckt ließ er die ängstlich zurückgebrüllte Antwort hören:

„WENN DER TAG DER REINIGUNG NAH IST, WERDEN SPINNWEBEN AM HIMMEL HIN UND HER GEZOGEN!"

Als er auf den wegen militärischem Luftverkehr mit einem Gitternetz aus Kondensstreifen zugekleisterten Himmel zeigte, erkannte ich, was er meinte. Das war doch vielleicht ein Irrer! Kein Zweifel. Das einzelne, wahnsinnig umherhuschende Auge, die verfilzten, zurückgeworfenen, schulterlangen Haare! Der schmuddelige und zerfledderte alte Marinemantel! Tja, er sollte wohl mit seinen düsteren Prophezeiungen recht behalten. Er brüllte jedoch weiterhin die Leute an, vermischte wieder Weltuntergangsweissagungen der Hopi-Indianer mit Versen aus der Offenbarung und nordischer Mythologie. Schließlich wurde es einem anderen Fahrgast aus dem Epizentrum der Hölle heraus zu viel:

„HALT ENDLICH DEIN MAUL, OPA!“, schrie er aufgebracht und versetzte ihm einen Schlag auf die Nase, der ihn direkt ausknockte. Weil die Leute so dicht gedrängt standen, sackte er nur nach hinten, und lehnte gegen die nächstgelegenen zusammengequetschten Leute, mit offenem Mund und blutiger Nase...

Währenddessen fuhren wir auf den Bahnhof in Kiel-Suchsdorf zu. Plötzlich wurde der Zug mit einem Quietschen langsamer. Unverständnis darüber schlug sich breit. Ein Kerl, der wohl riechen konnte, wenn Ärger in der Luft war, fragte geschockt:

„Was wird das, wieso halten wir an!? Der Zug ist doch viel zu voll, als dass wir noch wen mitnehmen könnten!“

Auch hier war der Bahnsteig brechend voll. Den Leuten wurde die aufkommende Begeisterung gleich wieder genommen, als sie sahen, wie voll der Zug war. Unter Pöbelgeschrei verwandelte der allgemeine Ausbruch des Egoismus auch diesen Suchsdorfer Bahnsteig in ein lärmendes, überschäumendes und gewaltbereites Affengehege.

Quietschend und schnaufend kam die Lokomotive zum Stehen. Alles Urmenschengebrüll wie Getrommel und Geboxe gegen die Waggons nützte nichts, die Türen blieben verschlossen. Einige kletterten dennoch hoch, wollten sie aufreißen, ließen dann jedoch davon ab, als sie durchs Fenster sahen, wie brechend voll der Zug war, dass hier wirklich kein Fußbreit Platz mehr war. Manche aus der tosenden Menge kletterten nun auf die Zwischenräume zwischen den Waggons, als der Lautsprecher schließlich in monotoner Gewohnheitsstimme unser aller Todesurteil verkündete:

„Sehr geehrte Fahrgäste. Der gesamte Personennahverkehr in Norddeutschland wird hiermit vorläufig und bis auf Weiteres eingestellt. Grund dafür ist die aktuelle Situation an den BRD-Außengrenzen. Wir bitten um Verständnis, dass sich unsere Weiterfahrt leider bis auf unbestimmte Zeit verzögert. Wir danken Ihnen für die Fahrt mit der Deutschen Bahn und wünschen eine gute Weiterreise.“

„WAS SOLL DIESE KACKE, ERNSTHAFT?“

„Was soll dat heißen, bis auf weiteres eingestellt? Fährt der Zug denn jetzt irgendwann weiter?“

„Welche „Situation“ denn genau!? Ne Schande, nen Kriegsausbruch so zu nennen!“

„Heidewitzka, sollen wir jetzt aussteigen!?“

„Sie haben doch gesagt, vorläufig und bis auf weiteres! Vielleicht geht es ja gleich weiter!“

„Pah, wer’s glaubt! Diese Wichser mal wieder!“

„ICH WILL HIER RAUS, ICH MUSS HIER WEG, HILFE, HILFE!“

Ein Mann bekam eine Panikattacke, hechelte nach Luft, und drängelte sich mit rudernden Armen zur Tür. Als er sie schließlich öffnete, gegen den anfänglichen Widerstand jener, die sich hier als Türwächter für das Ticket heraus aus dem Schlamassel aufspielten, plumpste er hinaus, dem einem Menschengedränge freigegeben, vornüber in das Meer der anderen händeringenden Menge auf dem Bahnsteig. Einige schlossen sich an, sie sagten in etwa Sätze wie:

„Vielleicht ja gar keine schlechte Idee!"

„Ob wohl ein Schienenersatzverkehrsbus fährt, oder mehrere?"

„Lieber laufen wir, vielleicht schaffen wir es zu Fuß schnell genug aus der Stadt!"

„Aber falls sie wirklich die Bombe schmeißen, dann…;"

„Aber sie haben doch gesagt, *vorläufig* und *bis auf Weiteres*. Meint ihr nicht, es geht gleich weiter, und wir können…;", wollte jemand seine Skepsis ausgeräumt haben.

„Junge, was an… „*der Bahnverkehr ist auf unbestimmte Zeit eingestellt!*"…gibt es nicht zu verstehen?", raunte eine Frau ihn an.

Zähflüssig und träge verlor die Masse an Dichte, entließ immer wieder einen Zweibeiner. Jene, die es nach außen quetschte, verdrängten kurz jene, die sich ganz uneigennützig an ihre Stelle drängen wollten. Durchsage hin oder her, der Zug schien wohl vielen die einzige Möglichkeit, zu entkommen.

Auch mich zog es von dieser zumindest besiegelten Ungewissheit in eine noch viel größere Lotterie. Einfach weil ich hoffte, ein gutes Los zu erhalten, einen rettenden Strohhalm zu ergattern. Man konnte ja ab hier eh nicht mehr viel mehr tun, als sich an sein spärliches bisschen Hoffnung zu klammern.

„Was is', kommste mit!?", wollte ich von dem ausgeflippten Typen mit der Klampfe wissen. Dieser war mittlerweile auf die Gepäckablage geklettert, saß gebückt da, und murmelte vor sich hin, während er irgendwelche Jazz-Akkorde griff. Aus dem Konzept gebracht, sah er kurz auf, und grinste auf traurige Art und Weise über unsere Todesgewissheit. Er erklärte mir:

„Och nöööö, weißt du, alter, ich bleib hier, bis dat nicht mehr schockt, jo. Vielleicht fährt die olle Bimmelbahn ja doch noch los. Bevor… bevor…bevor wir…;"

Er brachte den Satz nicht zu Ende, sondern sah mich nur ernst an und spielte ein trauriges A-Moll, und danach einen schiefen Tritonus.

Ich nickte, wohl wissend, ihn nie wiederzusehen. Immer weiter schlängelte ich mich bis zur Tür, wo der arme Schaffner Blitzableiter eines regelrechten Gewitters aus polternden Hasstiraden und blitzenden Beleidigungsgedonners wurde.

Als ich hinunterstieg, in die Frischluft, waren die Bewegungsströmungen bereits dabei, sich umzukehren. Meine Füße hatten gerade erst Bodenkontakt, als hinter mir bereits der erste hinaufkraxelte. Nach Sauerstoff schnappend, schob ich mich durch die Menge auf dem

Bahnsteig…

Auch hier ein hundertstimmiges Getöse aus Weinen, Geschrei, und Rufen von Leuten, die sich aus dem Auge verloren hatten. Der Tumult wurde noch genährt, als wir aus Richtung Innenstadt einen anderen Zug anrollen hörten. Eine Diesellok kam brummend näher, nur drei Waggons waren angekoppelt. Ein Tankwagen mit Treibstoff, ein Personenverkehrswagen mit Abteilen, und ein Güterwaggon. Der Lokführer unseres Zuges machte wilde Faxen, ruderte mit den Armen, und zeigte auf das rote Signalwerk und dass die Strecke vor uns noch nicht freigegeben war…

Der ankommende Zug machte jedoch keine Anstalten, Geschwindigkeit einzubüßen; die Lokomotive gab nur ein lautes Tuten von sich und zuckelte bedächtig näher. Vorne auf der Plattform stand ein Mann in einem orangefarbenen Gleisarbeiteroverall. Beim Näherkommen sah ich, dass der Mann grimmig schaute, und eine Jagdflinte umgehängt hatte. Wortlos und skeptisch blickten uns auch der Lokführer und die anderen Gestalten im Führerhaus an, zwielichtige, in Ledermäntel gehüllte, Heizungsrohre und Äxte schwingende Vorboten von allem, was noch kommen sollte. Auf dem Tankwagen saßen vermummte Rabauken, die ebenfalls Schusswaffen besaßen. Aus dem Waggon warfen die Leute uns Grimassen zu, zeigten auf uns, zielten mit Pistolen auf die Leute oder fuhren sich mit dem Finger über die Kehle. Aus der offenen Schiebetür des Güterwaggons mit dem hastig zusammengeraubten Nötigsten lugten die baumelnden Beine eines weiteren Nutznießers der zusammenbrechenden öffentlichen Ordnung. Er kaute grinsend Kaugummi, an eine Kiste war eine Schrotflinte gelehnt. Relativ still verfolgte die Menge die Durchfahrt eines Zuges, der garantiert auf keinem Fahrplan verzeichnet war. Auf der letzten Plattform sah man ebenfalls mit Langwaffen ausgerüstete Hafenarbeiter, sie hatten ihre Kapuzen tief ins Gesicht gezogen, und führten sich gemeinsam eine Rumflasche zu Gemüte.

Meinen Blick abwendend, und desillusioniert darüber, dass bald irgendetwas anderes als das Recht des Stärkeren gelten würde, schob ich mich durch die Menschenmenge auf die Hauptstraße zu. Auch andere vom Bahnhof brachen enttäuscht auf. Und auch hier war der zähflüssige Verkehr wie eine vielgliedrige, dutzendfach hupende Metallschlange, die sich vier- bis fünfspurig aus der Landeshauptstadt herausschob. Allerdings wirklich nur im Schneckentempo. Die Flüchtlinge auf dem Bürgersteig mit ihren Bollerwägen und Sackkarren, Koffern und Taschen waren mitunter viel flotter unterwegs. Trotzdem hielt ich meinen Daumen heraus, als ich an den Automobilen vorbeiging. Die meisten ignorierten mich oder zuckten nur mit den Achseln, der Gerechtigkeit halber sei jedoch erwähnt, dass die Automobile bereits völlig überladen waren. Wo kein Mensch saß, war Hab und Gut verstaut. Circa eine halbe Stunde lief ich noch die Bundesstraße entlang, und bettelte um eine Mitfahrgelegenheit. Mittlerweile war auch mir aus der Hektik eine solide Panik erwachsen. *Vielleicht zeigten die beiden Amphetaminpillen von meiner ausgeflippten Bekanntschaft aus dem Zug aber auch so langsam Wirkung.* Gehetzt zog ich an den Leuten vorbei, die ihre Habseligkeiten schleppten oder hinter sich her karrten.

Ich reiste ja, wie gesagt, mit leichtem Gepäck… nichts

dabei… nur meine Kopfschmerzen und meine Angst…:

– welche mit jedem weiteren Schritt zunahm…!

Völlig aus der Puste war ich gerade dabei, meine Schuhe zuzubinden, als es losging:

Luftalarm!

Das nervenzerreißende Heulen einer Sirene begann, dröhnend die Luft zu zerschneiden. Wie automatisch rissen die Leute die Köpfe nach oben. Mir ging der Arsch auf Grundeis. Hysterisches Geschrei brach aus, die Leute steckten sich gegenseitig damit an. Einige begannen, loszurennen, viele ließen ihre Koffer stehen. Hupende Autos versuchten mit ihrem Gehupe, irgendetwas zu beschleunigen, rammten ihren Vordermann, oder zerbeulten die Karosserien der Fahrzeuge neben ihnen.

Tja, das war es wohl dann, ging es mir ernüchternd durch den Kopf. *Heimdall bläst sein Horn zum Weltuntergang...* wie gelähmt stand ich da, wollte ich es doch alles bis zuletzt nicht wahrhaben. Vor mir stolperte eine Frau, ich wollte ihr aufhelfen, doch da hatte sie sich schon aufgerappelt, und rannte schreckerfüllt weiter. Noch immer hielt ich eindringlich bettelnden Blickes meinen Daumen raus, im blinden Glauben, es möge sich jemand erbarmen, jetzt wo es wirklich um die Wurst ging. Immer wieder musste ich einzelnen Autos Platz machen, weil sie aus der Stau-Schlange nach rechts hin ausbrachen, und sich halb auf dem Bürgersteig, an der Seite vorbeizumogeln. Ein weiteres Auto hinter mir brach aus der Spur heraus, um sich einen Vorteil zu sichern. Aus Prinzip hielt ich meinen Arm und Daumen weiter energisch ausgestreckt. Dann geschah es: Etwas, womit ich wirklich nicht mehr gerechnet hatte:

Quietschend hielt der Wagen. Es war ein olivgrüner Jeep, ein gepanzertes Fahrzeug amerikanischer Bauart. Irritiert sah ich auf die dröhnende Motorhaube eines militärischen Geländewagens und war irritiert, als das Vehikel hupte. Jemand kurbelte das Seitenfenster herunter, kurz erschrak ich über den Anblick eines Typen mit Gasmaske, welcher mich, gedämpft wegen seiner Kopfbedeckung, anbrüllte:

„WAS SOLL DAS THEATER, STEIG ENDLICH EIN!"

Er riss die Beifahrertür auf, und wuchtete einen auf dem Sitz liegenden Reiserucksack nach hinten.

Hektisch stieg ich ein, der Geruch von Benzin und Sanitätszelt empfing mich. Die Tür war kaum zugeknallt, als das Auto schon losheizte, um nach dem Abbiegen eine Seitenstraße entlangzurasen. Vermutlich wollte er irgendeine Abkürzung nehmen. Kurz sah ich zu ihm herüber, und glaubte kurz, mir den Typen einzubilden. Er trug eine Gasmaske sowjetischer Bauart, hatte einen schwarzen ABC-Schutzmantel über seine Bundeswehruniform geworfen, an der Patronengürtel, Ersatzmagazine und Handgranaten umgeschnallt waren. Um die Beine hatte er sich aus Müllsäcken eine Schicht Plastikfolie umgewickelt, auch die Handschuhe und Knobelbecher waren luftdicht mit Panzertape festgeklebt. Der Typ musste sicher ganz unfassbar doll schwitzen. Doch das war ja seit der Sirene sicher sein geringstes Problem.

Mit den Beinen stieß ich gegen irgendetwas längliches im Fußraum des Beifahrersitzes.

„Was zum…;", staunte ich und betrachtete mit gesenktem Kopf das AK-47-Sturmgewehr.

„Ja, was denn!?", fuhr er mich genervt an. Mit seiner durch den Luftfilter gedämpften Stimme erklärte er:

„Habe lange überlegt, welche Wumme ich als Primärwaffe mitnehmen soll, wenn es knallt! Aber da der Iwan ja heute hier einmarschiert, werde ich also mit der 7,62 x 39-Milimetermunition keine Nachschubprobleme kriegen!“

Soso… dann war der Gurt mit den dicken roten Patronenhülsen also… für die abgesägte Schrotflinte, die in einem Holster umgegürtet war. Ungläubig fragte er:

„Wo ist eigentlich dein ganzesZeug!?“

„Welches… welches Zeug denn?“, fragte ich unschlüssig. Unsicher sah ich auf die Marschrucksäcke, Wasserkanister und Kisten voller Konservendosen.

„Hast du dich denn gar nicht vorbereitet?“, fragte er fassungslos.

„Meinen Sie das ernst!? Wie soll man sich denn… auf so etwas… wie das hier vorbereiten!? Ich meine, das ist hier gerade der dritte Weltkrieg oder so!“, warf ich ihm irritiert vor.

„Pfff…;“, höhnte er abschätzig und kopfschüttelnd. „… es gibt doch eigentlich nur den einen, großen Weltkrieg. Es sind nur mehrere Waffengänge, lass dir das gesagt sein, Kamerad. Dass es mit unserem deutschen Reich nun solch ein derart ehrabschneidendes Ende nimmt, damit hätte ich auch nicht gerechnet.“

„EGAL! KLAGT NICHT, KÄMPFT!“, donnerte er mit einem Mal. „DU! LOS! Nimm einen der Rucksäcke!“

„Wa!?", fragte ich unschlüssig.

„DA! DIE RUCKSÄCKE! NUN MACH SCHON!"

Verlegen holte ich einen der Rucksäcke nach vorne, und sah ihn ungläubig an, ratlos, was er denn jetzt von mir wollte.

„NA LOS! AUFMACHEN!", brüllte er, während er die Straßenseite wechselte, einem Auto ausweichend.

„Häh, was soll ich!? Wie? Wo denn!?", stammelte ich überfordert.

„Da, an der Seite! DA! SAG MAL, BIST DU BLÖD ODER SO!? DA! DORT! DORT, DU VOLLIDIOT!"

Aha. Dort an der Seite… Häh!? Ich verstand immer noch nur Bahnhof! Gummihandschuhe, eine zusammengerollte Maske, und eine Art… Plane!?

„Was… soll ich damit!?", brachte ich meine Verwirrung zum Ausdruck.

„Na, anziehen, du Spaßvogel. Nun mach schon, zieh den Scheiß an!", murrte er wütend.

„We…werd…werde ich das denn jetzt schon… brauchen?", fragte ich ängstlich und unschlüssig.

„Freundchen, wir haben nach dem Alarm vielleicht noch… öhm… also, wenn es gut läuft… allerhöchstens 17 Minuten, bevor uns alles um die Ohren fliegt! Und gesetzt, du überlebst die Druckwelle, bist du sicher froh, etwas zu haben, was dich vor der Strahlung schützt. Dieses modische kleine Accessoire aus einer russischen Kollektion dort ist dazu da, um unsere Kampfkraft noch um mindestens eine weitere halbe Stunde zu verlängern!"

Verschreckt hielt ich das gruselig aussehende Ding mit dem Luftfilter und den bulläugigen Sichtgläsern in den zitternden Händen.

„Okay, na gut! In Ordnung!", willigte ich dankbar ein, und stülpte das Kautschukding über den Schädel. Meine Sicht wurde eingeschränkt, und durch den Aktivkohlefilter bekam ich auch deutlich schwerer Luft.

„Ich habe aber noch weit mehr Filter, keine Sorge!" erklärte er, während er einem entgegenkommenden LKW auswich, und dabei durch einen eingezäunten Vorgarten bretterte. Der Wagen machte einen ziemlichen Satz, als wir über den Bordstein rasten. „Das andere Zeug auch, na los!", knurrte er.

Ich kam seiner Forderung nach, und schlüpfte in den Parka, der mich vor atomaren, biologischen und chemischen Kampfstoffen schützen sollte, und zog auch die Schutzhandschuhe an. Er sah zu mir und nickte. Dann sagte er grimmig:

„Na dann! Immerhin etwas Schutz! Mann. Ihr Idioten alle! Wie kann man sich denn davon derart überraschen lassen? Was ist deine Ausrede? Komm, sag schon!"

Scheinbar war ich am Tag der Apokalypse an genau den Richtigen geraten. Zögerlich versuchte ich zu erklären:

„Nun ja, ich hatte so dollen Liebeskummer… dass… also… sie hat mir so sehr gefehlt, dass auch ein Weltuntergang mir egal gewesen wäre."

Dass ein nicht unerheblicher Teil meiner selbst sich dieses Szenario geradezu gewünscht hatte, behielt ich lieber für mich. Er winkte genervt ab und höhnte:

„Was bist du, ein verschissener Poet, oder was!? N' gefühlsduseliges Weichei, dass es nicht verkraften kann, dass jetzt irgendwer anders seine Alde hart rannimmt, wa?! Na, dann kannst du jetzt ja Gedichte schreiben, darüber wie Leute an ihrer Strahlenkrankheit jämmerlich verrecken oder sich gegenseitig auffressen! Blöder Idiot!"

Sie fehlte mir halt wirklich. Dann hob das, was um die Ecke sichtbar wurde, merklich seine Laune. Er gab sofort Gas.

Am Ende der Straße war tatsächlich eine Zufahrtsstraße zur Autobahn. Beeindruckt sah ich, wie durch ein winziges Nadelöhr in der Schlange durchmanövrierte, und hupend den Seitenstreifen entlang brauste, während auf der einen Seite Funken schlugen, dort, wo der Wagen kreischend Bekanntschaft mit der Leitplanke machte.

„MANN! JETZT MACHT DOCH MAL PLATZ, IHR AFFEN!"

Er hupte, rammte, überholte und raste, was das Zeug hielt. Aus seinem heruntergekurbelten Fenster brüllte er:

„MACH DASS DU WEITERFÄHRST…! *DU DUMMER WICHSER! IHR BLÖDEN*

ARSCHGEIGEN! ICH MACH EUCH ALLE KALT!"
Weiter vorne ging es bereits auf die Brücke über den
Nord-Ostsee-Kanal. Das Radio knirschte und rauschte
auf einmal. Dann ging plötzlich gar nichts mehr. Die
Verkehrsdichte ließ kein Vorbeidrängeln mehr zu. Er
luchte, drosselte erst, und legte dann eine Vollbremsung
hin, da wir sonst knapp in einen Laster hineingekracht
wären… dann drosch er auf Lenkrad und
Armaturenbrett, und bekam einen regelrechten
Nervenzusammenbruch.

„NEEEIN, NICHT SO KURZ DAVOR, NICHT SO
KURZ DAVOR!!!", brüllte er hysterisch und drosch
heftig auf das Armaturenbrett ein. Beim dritten Mal, die
seine gewaltige Pranke darauf eindrosch, kam urplötzlich
der Radioempfang zurück:

> *„…Davon geht die Welt nicht unter,*
> *sieht man sie manchmal auch grau*
> *einmal wird sie wieder bunter,*
> *einmal wird sie wieder himmelblau…"*

Bitte was!? Mit einem Mal empfing es wieder etwas.
Bildeten wir uns das gerade ein? Zarah Leander? Konnte
das real sein? Wie konnte man so dreist sein, in dieser
Situation genau dieses Schlagerlied zu spielen? Die Welt
war in ihrer makabren Morbidität nicht zu überbieten.

„Ihr abgewichsten Hurensöhne! Fickt euch. Wisst ihr
was? Jetzt reicht's!", sagte er ganz ruhig und griff langsam
in seinen Mantel. Er holte eine Signalpistole zum
Vorschein, und ehe ich mich versah, zischte etwas aus
seinem Fenster, und die Leuchtspurmunition entzündete
sich knapp über den Autos vor uns.

„Scheiß Mistgeburten!“, fluchte er und lud nach, und schoss die nächste unter den Autos hindurch. Irgendwo vorne zündete das Ding. Die Autos begannen, Platz zu machen.

„Ich habe noch viel mehr für euch!“, rief er triumphierend.

Die nächste landete auf einem LKW-Anhänger, der zügig nach links abdrehte.

„EUCH MACH ICH BEINE, IHR DUMMEN NUTTEN!“, schimpfte er wie von Sinnen, und zog eine Luger-Parabellum-P08-Pistole. Dann knallte er drei, vier Schüsse in die Luft. Nun bildeten die Leute fast schon eine Art Rettungsgasse…

„Ja, so ist gut!“, knurrte er und ließ erst wieder vorne ein paar Schüsse los. Wir waren schon fast auf der Brücke, da schob er kommentarlos einen Kleinwagen einfach beiseite. Dann feuerte er noch drei Signalkugeln, die dann von oben in der Luft rotglühend langsam herabsanken. Daraufhin schoss er sein Magazin ganz leer. Die Autofahrer drängten sich jetzt dicht an dicht, um uns eine schmale Spur ganz rechts am Rand freizumachen. Ich verfolgte das Ganze nur völlig perplex…

„Es hat sich wohl rumgesprochen, dass wir hier durchmüssen…“, murrte er herablassend, und zeigte den anderen Leuten den Stinkefinger, während wir vorsichtig im Schritttempo an ihnen vorbeifuhren. Die Leute schauten geschockt und ängstlich, einige waren ausgestiegen, und hatten sich hinter ihren Autos in Deckung begeben, als sie Schüsse gehört hatten.

Der Radioempfang wurde wieder schwächer, es wurde immer wieder vom Rauschen unterbrochen. Mit dem Ausklingen der letzten Takte war auf einmal ein Schluchzen und genuscheltes Gestammel zu hören. Dann erklang, deutlich beschwipst, die traurige Stimme der Radiomoderatorin:

„Meine sehr verehrten…higgs*… Damen und… higgs*… Herren… be…bevor wir… sum… vielleicht letzten… schnüff-schnüff*… Stück unserer ….schnüff* Sendungs…geschichte… uhähähäää*… …wuhähääähä* gommen…möchte ich …. mich einmal… bürps* bei Ihnen… betanken… äh, bedanken… für… huiuiui… äh bei ihnen bedangen für… ihre treue Suhörerschaaft…. schnüff*… die mir hier in den letzten… fünfundswanzich Jahren… im Landesfunkhaus… ich, äh… oh Gott!… ähähhäääh*…;"

Nun heulte sie so richtig los. Schritttempo fahrend sahen wir beide verdutzt auf das Radiogerät. Sie weinte, schniefte und wimmerte schließlich.

„Jedenfalls… ähähähäääää*…;", ein neuerlicher Weinkrampf schüttelte sie durch, sie schluckte kurz, und fuhr dann etwas gefasster fort: „… jedenfalls bin ich… dangbar für die tolle Seit hier beim Radio… da bis auf die Ausnahmeleidung… äh…schuldigung'… die Aufnahmeleitung… schnüff* niemand mehr hier is… nu, wir ham uns geeinigt… dass… also das nächste Stück is… räusper*… meine Damen und Herren, sie hören nun… Frank „the Voice" Sinatra mit „My Way". Wir… wir bedanken uns recht herzlich. Gott schütze Sie und ihre Familien."

Kopfschüttelnd gab der Mann hinterm Lenkrad weiter Gas. Wir fuhren von der Brücke herunter, wo der Verkehr nicht mehr ganz so dicht war. Auf dem Standstreifen sausten wir an den anderen Verkehrsteilnehmern vorbei, hupten, und immer wieder rieb der Wagen kreischend und funkenschlagend an der Leitplanke, wenn wir jemanden überholen mussten….

"… and at all, the end is near
And so i face the final curtain…"

Er lachte schäbig und scherzte:

„Die haben Nerven, diese Rundfunkfritzen, oder? Erst spielen se „Davon geht die Welt nicht unter" und danach, gleich im Anschluss läuft „My Way". Es passt aber auch zu gut!"

„Tut es echt, wirklich!", musste ich ihm verstohlen grinsend beipflichten. „Das scheint sich der Kandidat hier vorne auch zu denken!"

Im Vorgarten eines kleinen Häuschens am Straßenrand konnte man einen alten Mann sehen, der es sich mit einem Liegestuhl bequem gemacht hatte. Er hatte ein kleines Tischchen neben sich gestellt, darauf ruhte ein Transistorradio, und irgendein edler Tropfen. Den Liegestuhl hatte er so hingerückt, dass er einen ausgezeichneten Blick auf den anstehenden Atomschlag haben würde. Im Hauseingang stand eine Frau, die verzweifelt herumkreischte und mit dem Armen fuchtelte, doch der Typ zuckte nur resigniert mit den Achseln, und leerte seinen Drink.

239

„Stabil!", lobte ihn der Mann, der mir eine Gasmaske zur Verfügung gestellt hatte. „Sonderlich mehr kann man ja auch nicht mehr machen, außer noch schnell dafür zu sorgen, dass der edelste Tropfen, den man zuhause hat, nicht vergeudet wird."

Er sah mich kurz an und stellte sich dann vor:

„Ich bin übrigens der Konrad."

Zögerlich schüttelte ich seine ebenfalls in Schutzhandschuhen steckende Hand und antwortete:

„Sehr erfreut. Ich heiße Maximilian. Du kannst gerne Maxi sagen."

Wir bretterten weiter, halb über den Grünstreifen, vorbei an der hupenden, nur stockend vorwärtskommenden Autoschlange aus dem Epizentrum der Kernwaffendetonation heraus.

„Warum in drei Teufels Namen hast du eigentlich für mich angehalten, Konrad, wenn ich fragen darf?", wollte ich wissen, um mir seine Beweggründe zu erhellen. Wieso zum Geier sollte man das letzte bisschen Zeit auf der Welt ausgerechnet mit einer unbrauchbaren Trantüte wie mir verbringen? Auch in Sachen Weltuntergang war ich nicht hilfreich. Die Apokalypse half mir Feigling ja nur dabei, dass ich meine Suizidpläne nicht in die Tat umsetzen musste. Konrad überlegte kurz, und antwortete:

„Ich brauchte eigentlich noch unbedingt jemanden, der mir die Munition reicht. Habe eine richtig dicke Schlachtplatte bestellt. So lange auf diesen Tag gewartet, denen wird die Suppe gehörig versalzen...;", er begann, sich gehörig in Rage zu hetzen, „... diese kleinen Scheißer, ich kill sie alle, ich bring sie um...! ICH WERD' AUF ALLES SCHIESSEN, WAS SICH BEWEGT, VERDAMMT! SOOOOOOO VIELE OFFENE RECHNUNGEN! *SOOOO OFT GEDACHT, DU MIESE KLEINE RATTE, SOBALD ES HIER LOSGEHT, LEGE ICH DEINE LEICHE ZU DEN ANDEREN AM STRASSENRAND!"*

„Aha.", sagte ich leise, es ging unter in seiner gen Tal schießenden Lawine aus angestautem Hass.

„Nichts für ungut, nichts falsch verstehen, gell!? ICH WÄRE DAMALS FAST STURMFÜHRER GEWORDEN! Aber mittlerweile bin ich längst an nem Punkt angelangt, dass mir egal ist, ob mein Waffenbruder weiß, schwarz, Deutscher, Russe, Jude, Christ, Indianer oder weiß der Kuckuck was ist! Hauptsache, er weiß, wer der Feind ist!"

„Wer ist denn der Feind?", rätselte ich. „Die Russen doch, oder?"

„Das habe ich auch lange gedacht! Und zwar mindestens von 1942 bis 1949... und Sibirien überlebt nun wirklich nicht jeder! Nein, so einfach ist das nicht... wir werden... und das ganz lange schon... von gewissen Familien, Blutlinien, ach, nenn es wie du willst, fremdregiert. *WELCHE SEIT JAHRHUNDERTEN NICHTS ANDERES TUN ALS BRUDERVÖLKER GEGENEINANDER IN DEN KRIEG ZU HETZEN! Und dabei fleißig an beiden Seiten mitzuverdienen!* Das Zepter liegt in der Hand von ein paar wenigen Eliten, die...;"

Er stoppte, denn uns war, als hätte das Auto einen riesigen Ruck gemacht. Das Radio verstummte, der Motor soff ab, und wir blickten uns panisch an. Während die Autos in der Stauschlange ineinanderkrachten, oder quietschend abbremsten und stehenblieben, lenkte er den Wagen an den Rand des Standstreifens, und hielt langsam. Geschockt flüsterte er, nachdem er kurz um Worte gerungen hatte:

„Das muss dann wohl Hamburg gewesen sein. Schade um die Hansestadt. Der elektromagnetische Impuls der Kernwaffenexplosion zerstört jegliche Elektronik in mehreren hundert Quadratkilometern Umkreis… wie es aussieht, müssen wir wohl zu Fuß weiter… los, nimm deinen Rucksack! SO EIN VERFLUCHTER BOCKMIST"

Er riss die Fahrertür auf, und ich tat es ihm auf der Beifahrerseite gleich. Die Luft draußen wirkte wie elektrisiert, zaghaft hielt er einen Geigerzähler in die nun ionisierte Gegend hinein, der sofort merklich lostickerte. Er schluckte, scheinbar war der Messwert nicht gerade ein Grund zur Beruhigung, und holte aus dem Innenraum seinen Hauptrucksack und die Kalaschnikow.

„Schnell, komm!", hetzte er, während immer mehr Leute planlos und verängstigt aus ihren Autos stiegen.

„Na mach schon, Bewegung! Und nimm das hier!"

Er gab mir einen Revolver, und legte mir eine Schachtel Patronen in die andere Hand.

„Trommel ist geladen. Single Action, kannst du damit umgehen?", wollte er wissen.

Ratlos spürte ich die Knarre mit ihrem Gewicht in meiner Hand und stotterte:

„De… de… de…de… denke… denke schon."

„Jetzt aber schnell! Wir brauchen irgendwo Deckung!", rief er, schon halb gebückt, auf einmal hatte auch ihn die Angst gepackt, als der Kampfschrei des Todes schon hörbar wurde, das nun nahende Schwingen der Sense spürbar… wie als Landser damals an der Ostfront, zum Abschuss freigegeben, verwandelte die drohende Gefahr sein Gehirn in einen Zustand, den man wohl nie so richtig zu verarbeiten imstande war...

Deckung. Desillusioniert überblickten wir das Gelände. Nur Ackerland, Gebüsch, ein Knick am Feldrand. Zwei, drei kleine Bäumchen….

Ansonsten waren die paar Rindtiere auf der Weide die größte Erhebung in der Landschaft. Nur in zwei bis drei Kilometern Entfernung war ein kleines Gehöft auszumachen…

„Wir sind völlig geliefert, man!", bemerkte er demoralisiert. „Vielleicht schaffen wir es noch mit ein bisschen Glück zu dem Bauernhof da!"

Mehr und mehr Leute stiegen aus, verängstigt, scheu, und immer wieder nach oben blickend. Andere blieben sitzen, drehten den Zündschlüssel nochmal und nochmal, oder vergruben das Gesicht in den Händen.

Eine Mutter versuchte ihre Kinder zu beruhigen, aber selbst ein Fünfjähriger musste kapieren, dass irgendetwas unwiderruflich Schreckliches anstand. Auch ich begriff, dass das mit mir und der gesamten restlichen Menschheit jetzt einfach mal ne Runde zu Ende ging… kleine Grüppchen sammelten sich bei der Leitplanke, und spurteten mit leichtem Gepäck los.

„Mach's gut, Susi!“, sagte Konrad schwermütig, und strich zur Verabschiedung über die Motorhaube seines Geländewagens.

Das Rucksackgewicht warf mich fast zu Boden, und schwankend stand ich da, während die Träger ins Fleisch schnitten. Aus der scheinbaren Sicherheit innerhalb der gepanzerten und schusssicheren Karosse herausgerissen, fühlte ich mich wieder nackt, hilflos und der Situation ausgeliefert.

„Schade.“, fluchte ich leise. „In dem Wagen war sicher Verpflegung für einige Monate!“

„Bin einfach nicht schnell genug weggekommen.“, antwortete Konrad. „Menschenskind, ist das schnell aus dem Ruder gelaufen in Kuba! Egal, komm!“

Er klopfte nochmal dreimal auf die Motorhaube und schulterte die Kalaschnikow.

Im strammen Marschschritt stiefelten wir an den anderen vorbei, unser Erscheinungsbild tat sein Übriges, damit die Leute Platz machten. Immer weiter zogen wir an den anderen Flüchtlingen vorbei. Ich ächzte unter dem schweren Marschgepäck, und hatte Mühe, mit meiner neuen Bekanntschaft mitzuhalten.

Da schrie plötzlich eine Frau voller Todesangst:

„DAAA! DA IST ETWAS AM HIMMEL!"

Wir rissen unsere Köpfe herum. Die Leute fingen an zu schreien und zu kreischen, und rannten um ihr Leben. Da war tatsächlich… etwas in den Wolken. Ein langgezogener Strich flog von der Ostsee her aus in Richtung Kiel, direkt auf die Landeshauptstadt zu. Das Antriebswerk des Interkontinentalmarschflugkörpers zog einen langen Rauchschweif hinter sich her, als dann plötzlich;

…Zick! – gleißendes Licht…:

„NEIN! SIE NICHT REIN! NICHT HINGUCKEN!“,
schrie jemand...;

BUMM!

Irgendwer riss mich an der Schulter herum. Im nächsten Moment hatten wir uns auf den Boden geworfen, kurz bevor eine enorme Druckwelle die Straße aufriss, Bäume entwurzelte, und die Vehikel wie Spielzeugautos durch die Gegend schleuderte. Ich wurde mitsamt herumfliegenden Glassplittern und durch die Luft sausenden Trümmern durch die Luft gewirbelt, überschlug mich mehrmals, landete im Straßengraben und knallte mit dem Schädel irgendwo gegen. Dann war alles schwarz…

Mehrere tausend Grad Celsius ließen die Gemäuer wie Bewohner der Landeshauptstadt einfach verdampfen. Ausgehend von einem Krater mit mehreren hundert Metern Durchmesser war in einem großen Radius instantan alles sofort zu Asche geworden. Wände und Gebeine wurden von einen auf den anderen Moment einfach zu Kohlenstoff verwandelt. Wer nicht nahe genug dran stand, um in den Bürgersteig oder in die Wand hineingeschmolzen zu werden, um dort die Ewigkeit als schattige Silhouette zu fristen, dem brannte die alles versengende Feuerwalze der Druckwelle zumindest das Fleisch von den Knochen. Doch von diesen unsäglichen Vorgängen bemerkten die Betroffenen nichts, dafür ging alles viel zu schnell. Knapp zweihunderttausend Individuen, oder wie viele auch immer sich noch nicht aus der Stadt hatten retten können, wurden in den ersten paar Sekunden vaporisiert. Die Menschen in den Außenbezirken und Randvierteln waren dazu verdammt, im Flammenmeer zu ersticken. Die freigesetzte Gamma-Strahlung in einer so hohen Dosis, dass die Augäpfel platzten, oder sich die Haut vom Fleisch, und das Fleisch von den Knochen ablöste, machten zum Beispiel den Leuten am Suchsdorfer Bahnhof den Garaus. Und wer nicht gleich von der Druckwelle getötet wurde, dem ließ sie zumindest die Trommelfelle reißen und Lungenflügel platzen. Die Brücke über den Nord-Ostsee-Kanal, welche durch die Wucht der Explosion in der Mitte auseinandergebrochen war, und zur Hälfte in den Kanal gestürzt war, markierte den fließenden Übergang zur Todeszone.

Und doch hatten selbst im weiteren Umkreis der Stadt nur die Allerwenigsten eine winzig kleine Überlebenschance.

Zögerlich öffnete ich ein Auge. Pochender Schmerz hinter der Stirn. Blutiger Geschmack im Mund, ein Schneidezahn war nicht mehr dort, wo er hingehörte. Die Luft war dick zum Schneiden, schwarzer Qualm, graue Rauchschwaden. Überall war auf einmal Feuer, lodernde knisternde Flammen, deren Lichtschein düstere Schatten warf, von umgeknickten Strommasten und auf den Rücken liegenden Fahrzeugen… ich musste husten, und keuchte hinter der Maske, beinahe hätte ich den ausgeschlagenen Zahn verschluckt. Würgend und gurgelnd biss ich mir auf die Zunge, und schluckte das ganze Blut herunter. Fast verlor ich wieder das Bewusstsein. Mein linker Fuß schmerzte extrem. Ich war halb unter einem Laternenpfahl und einem Verkehrsschild begraben, und konnte mich wirklich kaum bewegen. Um mich herum wurde es wieder schwarz… nein, nein, nein, nur nicht genau jetzt das Bewusstsein verlieren! Ich versuchte den Kopf zu drehen, und ein Stück anzuheben. Konrad war nirgendwo auszumachen. Von der Straße her hörte man schmerzerfüllte Schreie und laute Hilferufe. Der Asphalt glühte regelrecht, und durch die dicken Rauchschwaden konnte man die schattigen Konturen von humpelnden und kriechenden Überlebenden ausmachen… zwanghaft versuchte ich, bei Bewusstsein zu bleiben. War ich etwa so weit gekommen, um jetzt aufzugeben!? Dem zischenden Schmerz zum Trotz zerrte ich an meinem linken Fuß, er war entweder gebrochen, verstaucht, oder auf sehr unglückliche Art und Weise verdreht. Ein klein bisschen Spielraum ließ sich dennoch gewinnen… Autsch! Doch ich kam nicht frei. Aua! AUA! Auf dem Bauch liegend, spürte ich, dass ein Laternenpfahl quer über mir und meinem Rucksack lag. Das Ding hatte sich mehr als ungünstig mit dem Verkehrsschild auf meinen Beinen verkantet. Ich ächzte unter den Schmerzen, schluckte und spuckte zumindest den Zahn aus dem Mund. Schließlich jedoch gelang es mir, erst den einen, dann den anderen Arm aus den Tragegurten des Rucksacks herauszuwinden.

Keuchend versuchte ich, hervorzukriechen, doch mein linkes Bein hing immer noch irgendwo fest. Die Last des Verkehrsschildes lag so ungünstig auf mir, dass ich im Liegen meinen umgeknickten Fuß immer nur einige Millimeter freikämpfen konnte. Dann gelang es mir aber tatsächlich mit zusammengebissenen Zähnen, mit einem großen Ruck, mein Bein herauszuziehen. Ich wurde fast bewusstlos vor Schmerz, als ich mich langsam über den versengten Rasen schob. Mir war extrem schwindelig, Kreislauf und Muskulatur gehorchten mir noch nicht wieder so richtig, deswegen verharrte ich noch einen Moment auf allen vieren, nachdem der erste Versuch, aufzustehen, kläglich scheiterte. Moment! Der Rucksack! Mit einem großen Hauruck zog ich das Ding unter den Trümmern hervor. Es dauerte wirklich ein paar schmerzhafte Versuche mit dem Aufstehen. Beim Auftreten links musste ich jedes Mal die Luft anhalten. Tja, ich war wohl heute wirklich mit dem falschen Fuß aufgestanden… all meine Kräfte hatten mich verlassen, und beim Schultern des Rucksacks fiel ich gleich wieder hin. Blödes Scheißteil, dachte ich, wieder im Straßengraben liegend. Sollte ich den nicht vielleicht einfach hierlassen, damit ich schleunigst wegkam? Nein, was für eine bescheuerte Idee. Egal, was jetzt kommen sollte, ich konnte das, was darin war, sicher gut gebrauchen… mich mühsam hochkämpfend, kletterte ich humpelnd die Böschung hoch, und bekam einen riesigen Schreck:

Nicht nur ich stand wie angewurzelt da, und starrte entgeistert auf einen mehreren Kilometer hohen Atompilz, die Überreste eines gigantischen Feuerballs, der sich wie ein mahnendes Monument vor uns auftürmte, und dessen Erscheinen den Himmel verdunkelt hatte. Das Wetter spielte auf einmal komplett verrückt, ein eisig heulender Wind trieb sein Spiel mit der herumwehenden Asche. Ich fing eins von den Dingern, die wie dunkelgraue Schneeflocken aussahen, die jetzt wirklich wie Schnee auf die Szenerie herabrieselten. Ungläubig zerrieb ich die gräuliche Asche zwischen meinen Händen. Alles war wie im Traum… plötzlich erinnerte ich mich an so eine Binsenweisheit aus den Broschüren mit den Anleitungen, wie man sich am besten zuhause einen privaten Schutzraum einrichten konnte. Angeblich, so hieß es dort, ließ sich die Überlebenswahrscheinlichkeit ganz grob kategorisieren, man brauchte nur seinen Daumen in Richtung des Atomschlags zu halten, und wenn der Atompilz kleiner war, hatte man wohl noch so etwas wie eine Chance… zögerlich kam ich meiner Todesangst nach… und schluckte:

Als ich meinen Daumen in Richtung des großen grauen Ungetüms hielt, musste ich feststellen, dass die Pilzwolke locker drei so groß war wie mein Daumen. Schließlich riss ich meine in diesem Moment weit aufgerissenen Augen von dem schrecklichen Anblick los, und humpelte eilig in die entgegengesetzte Richtung, irgendwohin, wo nicht automatisch der Tod durch Verstrahlung lauerte. Ein Mann, der sich die Hand vor die Augen hielt, stolperte unkoordiniert auf mich zu, packte mich am Arm, um nicht hinzufallen und rief verzweifelt, und vor Schmerzen wimmernd:

„Ich… autsch… ich kann… ich kann überhaupt nichts mehr sehen!“

Er tastete nach allen Seiten und versuchte sich an meinem Ärmel festzuhalten. Schlechten Gewissens schüttelte ich ihn ab, und stapfte weiter durch das Rauchmeer. Die Bäume am Rand der Autobahn waren alle entweder entlaubt, standen in Flammen oder waren gleich ausgerissen. Die Oberfläche der Straße und das Gras waren angesengt, die meisten Insassen der Automobile waren entweder tot oder schwer verletzt. Kurz blieb ich bei einem Auto stehen, dass mit voller Wucht in die Seite eines anderen Fahrzeuges gekracht war. Irgendwer weinte. Beim Hineinsehen sah ich, dass Fahrer und Beifahrer mit dem Kopf aufgeschlagen waren, und sich nicht regten. Ein kleines Mädchen auf der Rückbank zupfte immerzu an ihren Ärmeln und wimmerte ängstlich und leise:

„Mama!? Papa? Mama…!? Papa…!?“

Schweren Herzens riss ich mich auch von diesem Anblick los und stapfte weiter. Mittlerweile hinterließen meine Schritte Fußspuren auf der grauen Ascheschicht, die sich über alles legte. Die Luft war brühend heiß, und ich musste mir die langsam entstehende Ascheschicht von den Gläsern der Gasmaske wischen. Ein Kerl mit gebrochenen Rippen ächzte, legte sich die Hand auf die Seite und spuckte einen Schwall Blut heraus. Als er mich vorbeigehen sah, streckte er plötzlich die Hände aus, und kam auf mich zu gewankt. Er war locker zwei Köpfe größer als ich, und stammelte bissig:

„DU! GIB MIR DAS HER! Gib mir deine Maske, los!"

Ein anderer bemerkte mich ebenfalls, und hampelte auf mich zu und rief:

„Nein, das ist meine! Her damit, hast du gehört?"

„Verzieht euch!", rief ich panisch. Doch der eine hatte mich bereits am Rucksack gepackt, und versuchte mir das Ding vom Kopf zu reißen. Plötzlich hatte ich den Revolver in der Hand und fuchtelte ungeübt damit herum. Der mit den gebrochenen Rippen kam trotzdem weiter auf mich zu, also hielt ich zitternd das Ding in die Luft: Und drückte ab. **Es** knallte sehr laut, und ich erschrak mich mindestens fast genauso wie die beiden, die sofort von mir abließen. Eilig spurtete ich weiter, und sah zunehmend immer nur noch Leute, die entweder zusammenbrachen und weiterkrochen, oder Leute, die hinfielen und gleich liegenblieben. Währenddessen wurde der Wind immer stärker, und auch der radioaktive Fallout nahm weiter zu. Jeder Schritt schmerzte und brannte fürchterlich, aber ich beeilte mich trotzdem. Schließlich stieg ich über ein verbogenes Stück Leitplanke und ging an einer lichterloh brennenden Buche vorbei aufs freie Feld. Todesverängstigt stapfte ich auf den grau verschwommenen Umriss des einzigen Gebäudes weit und breit zu…

Nur ein einziges Mal drehte ich mich noch um, und konnte es immer noch nicht glauben.

ENDE?

Mitnichten.

Die Welt wird ja bekanntlich
nicht mit einem großen Knall enden,
sondern mit einem leisen Wimmern.
(Fortsetzung folgt)